낯선 거리

내___게

말을 건다

낯선 거리

내___게

말을 건다

박성주

여행 산문집

도서출판담다

목 차

떠나며

1장_ 세상 심심한 여행

2장 _ 무턱대고 떠난 여행

낯선 거리

글을 정리한다는 핑계로 휴가를 내어 짧은 여행을 떠났다. 독자의 눈으로 내가 쓴 글을 읽는 것은 쉽지 않은 작업이다. 내가 끝내지 않으면 끝나지 않을 퇴고의 시간을 온전히 견디는 일 또한 그렇다. 일본 후쿠오카(福岡)에 있는 '라라포트'라는 대형 쇼핑몰에서 종일 시간을 보냈다. 독서실처럼 칸막이가 쳐진 1인용 휴게 테이블을 잡고 노트북을 펼쳤다. 지겨울 만하면 아이쇼핑을 하고 커피를 마시며 골목을 여행하듯 쇼핑몰 구석구석을 어슬렁거렸다. 책을 읽다가 글을 쓰다가, 그러다가 지나가는 사람 구경하는 일이 재밌다. 종일 있어도 지겹지 않을 만큼 다양한 것이 널린 곳이다.

아내가 묻는다. 왜 자꾸 갔던 곳만 가느냐고. 그래도 조금씩 다른 곳이고, 또 더 깊이 내려가지 않느냐고 대답했지만 아내 눈에는 늘 같은 곳만 여행하는 것처럼 보이나 보다.

군대를 막 제대하고 막막함이 끝없는 파도처럼 밀려올 때 도쿄 이타바시현(東京 板橋県)의 한적한 골목으로 떠났다. 처음 경험한 해외여행이었다. 새벽에 나가 신주쿠(新宿)에서 아르바이트를 하고, 이케부쿠로역(池袋駅) 어딘가에 있는 학원에 다니고, 수업이 끝나면 야마노테 순환선(山手線)을 타고 매일 순서대로 한 정거장씩 내려 골목을 걸었다.

똑같아 보이지만 전혀 다른 골목을 여행했다. 얘기 나눌 사람이 없으니 혼잣말이 늘었다. 난생처음 오롯이 혼자가 되었던 시절이다. 복잡한 생각에 휘둘릴 때마다 그 골목들이 그리웠는지도 모른다. 야마노테 순환선의 역들을 걸어서 돌아볼 계획을 세웠다. 언제 그런 생각을 시작했는지 잊었지만 걷기 여행 리스트에는 항상 적혀 있다.

어쩌면 여행을 통해 그 시절의 나를 만나고 싶은 것인지도 모르겠다.

낯선 거리

내게

말을 건다.

이 책에서는 네 개의 장으로 나누어 이야기를 풀어나갔다.

1장은 '세상 심심한 여행'이다. 동남아시아의 낯선 골목을 여행하면서 일상에서는 만날 수 없는 여러 질문을 내게 던진다. 그것은 나 자신에게 내뱉는 것이기도 하지만 낯선 거리가 내게 건네는 질문이기도 하다. 도심의 네온사인과 소음에 둘러싸여 혼자 밥을 먹고 차를 마시고 책을 읽고 사유에 빠진다. 1장에서는 여행을 대하는 태도에 관해 이야기한다. 특별한 목적 없이 걷고, 바라보고, 멈춰 서는 것만으로도 여행이 될 수 있다는 것을 보여주고자 한다. 세상을 조금 다른 속도, 조금 다른 방향으로 바라보는 것이야말로 여행의 본질인지 모른다.

2장 '무턱대고 떠난 여행'에서는 여행의 방식에 관해 이야기한다. 철저한 계획 없이 떠나는 여행, 무턱대고 발길 가는 대로 걸어 보는 여행. 해파랑길을 걷고, 여름 태백이나 겨울 상주 같은 짧은 여행과 추억을 얘기하며 어느 도시에나 있을 법한 거리를 걷고 주변을 기웃거린다. 그러면서 시간이 지날수록 고요해지는 경험을 한다.

꼭 이유를 정하고 떠나야 할까? 목적 없이 떠나는 여행이야말로 가장 순수한 여행이 아닐까? '여기서, 뭘 하고 있는지, 뭘 하고 싶은지' 자주 생각한다.

3장은 '오십일곱 번째 여행'이다. 여행은 꼭 먼 곳으로 떠나는 것만을 의미하지 않는다. 우리가 살아가는 일상에서도 여행은 계속된다. 이 장에서는 가족과의 관계 속에서 발견한 여행에 관해 이야기한다. 어떤 날은 일상인 듯, 어떤 날은 여행인 듯. 오십일곱 번째 해를 함께 여행하는 소중한 사람들과의 시간을 여행가의 시선으로 옮겼다. 3장의 주제는 '여행과 삶의 경계가 사라지는 경험'이라고 할 수 있다. 결국 우리가 여행하는 이유는 좋은 삶을 살기 위함이 아닐까?

마지막 4장은 '여행 작가를 꿈꾸다'이다. 여행을 기록하는 행위에 관해 이야기한다. 여행하며 기록을 남기는 것은 단순한 기억의 저장이 아니다. 글을 쓰는 순간, 또 다른 여행을 시작하게 된다.

현실 세계에 묻혀 한때 꿈꾸던 여행을 잊고 지내는 건 아닌지, 꿈꾸었던 사실마저 부정하는 삶을 사는 건 아닌지 돌아본다. 여행을 글로 남기는 것, 탐험적 글쓰기에 대한 매력, 여행을 직업으로 삼고 싶은 마음을 전하며, 독자들에게 여행이 끝난 후 또 다른 여행이 시작된다는 메시지를 전한다.

이번 여행 산문집은 화려한 여행이 아닌 조용한 여행, 무턱대고 떠난 여행, 그리고 삶을 통한 여행을 이야기한다. 여행하면서 우리는 결국 자신과 마주하고, 인생을 다시 바라보는 경험을 하게 된다.

사십이면 한여름이 지났다고 생각했고, 오십이면 꿈꾸는 일이 끝났다고 여겼다. 그러다가 희끗희끗해진 머리카락 속에 숨어 있던 남은 세월이 내게 외친다. 지금에 안주하고 이대로 눌러앉는다면 더는 호기심이나 질문이 없는 인생이 될 거라고. 그렇게 경고한다.

잘 살아야지. 단순히 오래 사는 인생은 허망한 재앙일 뿐이다.

자주 가던 곳이든 낯선 곳이든 늘 새롭게 여행한다.

나의 여행은 나를 만나기 위한 기대로 설렌다.

낯선 거리　내_게　말을 건다

마닐라에서
보낸 한 달

필리핀 마닐라공항이다. 비행기에서 내리자마자 특유의 끈적한 냄새와 텁텁한 공기가 훅 들어온다. 여기가 바로 거기라는 신호처럼. 숙소로 이동하는 동안 불 꺼진 도로변을 달리며 추억을 떠올려 본다.

15년 전쯤, 마닐라공항에서 북쪽으로 한 시간 정도 떨어진 케손시티(Lungsod Quezon)에 있는 페어뷰(Fairview)에서 한 달 살기를 한 적이 있다.

외국인이 사는 고급 빌리지는 아니었다. 빌리지 안에 현지인 동네가 있고, 외부로 나가는 쪽문이 여러 군데라 경비원이 지키고 있는 것이 크게 의미 없는 곳이었다. 숙소에서 10분 정도 걸어가면 빵집이 있다. 아침에 일어나면 잠옷을 입은 채 필리핀 국민 모닝빵이라는 판데살(Pandesal)을 사 온다. 느긋하게 아침을 먹고 마당 벤치에 앉아 선명한 하늘에 그려 놓은 듯한 구름이 지나는 것을 보기도 하고, 갑자기 소나기가 오면 빨래를 걷기도 한다. 구석에는 덩치 큰 개가 피곤한 듯 늘 엎드려 있고, 집 앞 농구대에서는 이른 시간부터 저녁 늦게까지 다양한 연령의 무리가 번갈아 가며 쪼리를 신고 농구를 한다.

정해진 일과는 없다. 동네를 산책하거나, 커피 한 잔 들고 마당에 앉아 빈둥거리거나, 퓨어골드(대형 슈퍼마켓)에서 목적 없는 쇼핑을 하거나, 이따금 버스를 타고 인트라무르스나 차이나타운처럼 조금 멀리 가 보는 일이 전부다. 물론 마닐라를 여행한다면 누구나 간다는 따가이따이나 팍상한 폭포 같은 관광지도 한 번은 갔다.

일주일에 두 번 정도는 에코파크(La Mesa Ecopark)라는 공원에 간다. 숙소 앞에서 트라이시클을 타면 5분이면 도착한다. 커다란 호수가 있고, 열대우림이 있고, 수영장도 있다. 입장료를 내고 들어가면 조금 전까지 지독한 매연이 가득하던 도심에서 벗어나 청아한 숲을 바로 만난다. 안쪽으로 걷다 보면 수영장이 두 개 보이는데 어린이풀과 성인풀로 나뉘어 있다. 별다른 장식이

낯선 거리   내_게   말을 건다

나 꾸밈없이 오래전 공원이 생기기 이전부터 있었다는 듯 숲 안쪽에 떡하니 있다. 수영을 즐기는 편은 아니지만 더운 나라에서 뜨거운 오후 시간을 보내기엔 수영장만 한 곳이 없다.

한 달 동안 단조로운 일상을 보냈다. 마닐라에서 어떤 사업을 하면 돈이 될까 연구하지 않은 건 아니지만, 그것이 목적이었다고 하기엔 너무 느릿하게 지냈다. 한 달은 길지 않은 시간이지만 이것저것 상상하기에는 충분한 시간인지도 모른다.

그리고, 오늘 다시 이곳을 찾았다. 오랜만에 마닐라에 들르면서 바쁜 일정 가운데 틈을 냈다. 원래 목적지인 알라방(Alabang Town)에서 제법 먼 거리지만 하루를 온전히 들였다. 길거리에는 덩치 큰 개들이 여전히 위협적으로 돌아다니고, 마을 안쪽 닭싸움을 하던(다들 충혈된 눈빛과 호의적이지 않은 표정의 위협적인 곳이었다) 곳도 기억난다.

수영복을 챙겼다. 에코파크에 들러 산책도 하고 수영도 했다. 알라방에는 이보다 더 멋진 수영장이 수도 없이 많겠지만 이번 필리핀 여행에서 빼놓을 수 없는 일정이다.

왜 다시 여기를 찾은 것일까. 오래된 한 달간의 추억이 왜 그리도 그리웠던 것일까. 15년 전이라면 지금보다는 빠른 속도로 달리고 있을 때였다. 천천히 걷거나 사색을 즐기거나 글을 쓰거나 하던 시절이 아니었다. 살다 보면 많은 계기가 있겠지만, 지나고 보니 마닐라에서의 한 달이 내 인생에 또 하나의 마디가 되어 준 듯하다.

인생의 마디가 모여 방향을 정하고 올바로 서게 하는 힘이 된다. 여행이 그런 것인가 보다. 당장은 알 수 없지만 긴 여운의 끝에 남겨 둔 여백을 찾아내는 일. 그것이 주는 의미가 세월을 따라 다르게 다가오는 일. 그래서 또 미래의 나에게 선물처럼 건네줄 수 있는 것이 바로 여행이 아닐까 생각한다.

마닐라도 변했고 나도 그렇다. 언젠가 이곳에서 지금의 나를 다시 추억하는 날이 올까.

그날이 벌써 그립다.

지프니와
벤츠

마닐라를 여행하는 중이다. 호텔 대신 친구가 사는 빌리지에서 지내고 있다. 산책하다 보니 10년 전이나 지금이나 크게 달라진 게 없다. 아침 일찍 마당을 쓰는 아떼(여자)들의 모습도 그렇고, 세차하는 꾸야(남자)들도 그렇고, 다람쥐나 도마뱀도 여전히 자기 자리를 지키며 열심히 살고 있다.

마닐라의 꽉 막힌 도로를 보면서 한국에서 즐기는 취미 중 하나가 고속도로를 운전하는 일이라고 친구에게 말했다. 크루즈 기능을 설명하며 고속도로에서 운전하는 것이 충분히 취미가 될 수 있다고 하니 20년 넘게 외국에서 살고 있는 친구가 깜짝 놀란다. 어쩌면 알고 있는 사실이지만 놀라는 시늉을 해 주는 것일 수도 있다. 세계 곳곳에서 이미 자율 주행차가 다니고 있는 현실에서 크루즈 기능쯤이야 놀랄 일도 아니지 않는가.

몇 년 전 항저우 국제 전시장을 찾은 일이 있는데, 숙소가 빌딩 숲이 모여 있는 건물에 있었다. 여의도의 63빌딩은 아직도 63빌딩인데, 항저우에서는 숙소에서 보이는 건물 중 60층이 넘지 않는 것이 오히려 드문 정도니 입이 떡 벌어질 일이었다. 그러다 10층 정도 되는 건물을 짓는 공사 현장을 지나는데, 그곳에 대나무로 만든 비계가 둘려 있는 게 아닌가. 우리나라에서는 이미 시스템 비계가 자리 잡아 파이프로 엮어 끝이 삐죽삐죽 튀어나온 옛날식 아시바(비계)조차 보기 힘든 시절에 대나무 비계라니. 그것도 60층이 넘는 건물이 둘러싸고 있는 최첨단 도시에서 말이다. 그런가 하면 외곽에 있는 공단 지역에 갔더니 1970년대 포장마차 같은 곳의 기둥에 QR코드가 떡하니 붙어 있는 걸 보고 '여긴 뭐지?' 하는 생각이 들었다.

최첨단과 옛 도시의 이해되지 않는 부조합이 사방에 흩어져 있다. 논리는 상실되고 머릿속이 점점 혼돈으로 빠져드는 느낌이다. 전 세계인이 동시대를 살고 있지만 저마다의 시간으로 살아간다. 한 문화권에서도, 한 나라 안에서도, 한 지역 안에서도 자신이 속한 분야에 따라 다른 시절을 보내고 있다. 이런 일은 어쩌면 여행하면서 느끼는 '시차'와 같다는 생각이 들었다. 한 시간 시차에도 자는 시간과 깨는 시간이 평소와 다름이 미세하게 느껴지는데, 이 시대의 엄청난 시차에 정신을 차릴 수가 없다.

누구나 자기의 시간을 살아가고, 그 시간은 다른 이와 조금 차이가 날 수 있다는 걸 알아야 한다. 그래야 이해를 얻을 수 있고 공감하게 된다. 어른들이 젊은이들을 이해하지 못하고 젊은이들이 어른들을 꼰대로 규정짓는 것은 서로 삶의 시차가 다르기 때문이다. 나와 다른 것을 이해하려는 관대함을 나부터 가져야겠다. 현실이 이상한 게 아니라 시차로 인한 자연스러운 현상이라고 이해해야겠다.

자율 주행차가 달리는 세상이지만 마닐라의 지프니는 10년 전이나 20년 전이나 그대로다. 간혹 양철판으로 화려하게 장식한 삐까번쩍한 신차가 지나기도 하지만, 그것 역시 최첨단 장치와는 전혀 상관없는 지프니다. 여전히 손가락 사이에 20페소짜리 지폐를 끼우고 뒷자리는 발판까지 사람들을 매달고 도심의 매연을 가르고 있다. 그렇게 지프니와 벤츠가 같은 도로를 달리면서 서로의 시차를 인정하며 조화롭게 살아가고 있다.

　　낯선 거리　내_게　말을 건다

침묵을
위한 여행

여행을 떠나야겠다는 생각을 자주 한다. 그리고 실제로 떠난다. 이번 여행의 목적이 있다면(굳이 목적이 있어야 하나 싶은 생각도 들지만) 침묵이다. 몸이 쉬는 것처럼 말을 멈추고 침묵하고 싶다. 휴가를 의미하는 바캉스(Vacance)는 '텅 비어 있다'라는 뜻의 라틴어 Vanous에서 유래했다고 한다. 휴가는 신나게 노는 것뿐 아니라 비어 내는 행위가 내포되어 있다.

슬슬 떠나 보자. 자신도 모르게 채워져 있는 무거운 상념들을 배낭 구석구석에 욱여넣고 여행지 이곳저곳을 다니며 흘려 보자. 영화 〈쇼생크 탈출〉에서 앤디가 방에서 파낸 흙을 운동장을 돌며 구멍 난 주머니 사이로 조금씩 흘는 것처럼 천천히, 남김없이. 그러다 보면 한꺼번에 다 비워지지 않더라도 언젠가는 가볍게 돌아올 수 있지 않을까.

공항은 늘 번잡하다. 출국장의 사람들은 대부분 들뜬 모습이다. 중년의 단체 관광객들의 소란이 정겹다. 탑승 마감을 알리는 방송과 어우러져 마치 장날의 풍경처럼 활기차다. 한 시간이면 후쿠오카의 흐리고 조용한 동네로 날아간다. 텐진 구석진 골목에 있는 민박집의 다인실에서 며칠을 보낸다. 산책하고 카페에 앉아 빈둥거리는 것 말고 달리 할 건 없다. 예정대로 침묵할 수도 있고, 다인실에서 만난 낯선 여행자와 밤새도록 수다를 떨 수도 있다.

침묵은 생각을 확장하는 공간을 만든다. 일상에선 서 있지 않을 곳에 서서, 생각지 않을 일들을 떠올리고, 상념들이 연결되어 새로운 것을 발견한다. 그리고 그것을 깊이 사유한다. 우리는 침묵을 통해 예상보다 먼 곳까지 여행할 수 있다.

세월은 화살처럼 빠르다. 늘 지나고 나서야 깨우친다. 흐름을 잠시 멈추기 위해 떠난다. 그리고 침묵한다. 누구나 그럴 여유를 가져야 한다. 그래야 한다고 생각한다.

낯선 거리 내_게 말을 건다

갱웨이를
사이에 두고

배에 올랐던 순간처럼, 드디어 견고한 땅에 발을 디디게 되었다. 길고 긴 배 여행 때문인지 흔들리지 않는 땅이 오히려 생경하다. 바닥이 고정되니 남아 있던 진동을 몸이 온전히 받아 낸다. 위태한 밸런스에 잠시 긴장한다. 5분 정도 지나면 익숙해지겠지. 그리고 시간이 조금 더 지나면 잊히겠지.

짧은 일정이지만 여행하는 중에 긴 시간을 배에서 보냈다. 보이는 것이라곤 눈부신 한낮의 바다와 까만 밤바다, 간혹 만나는 배들과 멀리 아스라한 육지, 그리고 긴 여정을 흔들림 없이 내려다보는 하늘뿐이다. 단조로운 시간이었다. 그러려고 배를 탄 것이지만, 그럼에도 무료함은 생각보다 질기고 무거웠다. 어느 순간이 되니 사면의 바다가 저마다 표정이 다르다는 걸 깨달았다. 똑같아 보이는 파도가 다르다는 것도 알게 되었다. 주변의 복잡한 상황에서 단절되니 생각은 단순해지고 감각은 섬세해진다. 그리고 차츰 내면으로 시선을 돌리게 된다.

창가 자리에 앉아 한낮의 햇살을 책으로 받아 내고 있다. 글자는 읽히지 않고 눈은 종이 위 햇빛에 머무른다. 글씨가 흩어지고 모이며 다른 말들을 쏟아 낸다. '이 순간을 잊을 수 있을까.'

삶과 여행 사이에 '갱웨이'(Gangway, 육지와 배를 잇는 트랩)가 있다. 배에 오르는 것과 내리는 것 중 어느 쪽이 여행의 시작인지 알기 어렵다. 어쩌면 선택일지도 모르겠다. 분명한 사실은 우리는 어디에 있든 여행자 신분이라는 것이다. 양손에 짐 가방을 든 여행객들이 갱웨이에 길게 늘어섰다.

새로운 여행이 시작된 것이다.

어젯밤에
다
들었던 얘기

부관페리를 타고 시모노세키(下關)로 들어갔다. 기차를 타고 부산역에 도착하면 바로 옆이 국제여객터미널이다. 새로 지은 건물이 멋지다. 수년 전만 해도 역에서 내려 셔틀버스를 타고 한참을 가야 했지만, 지금은 바다를 바라보며 육교를 따라 산책하듯 잠시 걸으면 된다. 저녁에 탄 배는 서두르지 않고 밤새 천천히 이동한다. 11시간을 배에서 보냈다.

다인실에서 75세 어르신이 끊임없이 얘기하고 있다. 단전에서 올라오는 목소리는 바리톤보다 깊고 거칠다. 살아온 이력을 목소리만 들어도 짐작할 수 있을 것 같다. 이야기를 듣는 분은 83세 어르신이다. 두 분은 한 시간 전에 방에서 처음 만났고, 나이가 더 많은 어르신은 이따금 예의상 고개를 끄덕이며 짧게 답할 뿐이지만, 75세 어르신은 상대방의 반응에 더 신이 났다. 목소리가 배 엔진의 진동과 함께 점점 커지고 빨라진다. 여행 가방에 있던 3M 귀마개를 사용하게 될 줄은 몰랐다. 언제부터 넣어 다녔는지 알 수 없지만 한 번도 꺼낸 적 없던 물건이다.

급기야 점잖게 구석에서 혼잣말만 하던 60세 정도 되신 분이 한마디 했다. 곱게 했으면 좋았겠지만 참다 참다 꺼낸 말이라 입 밖으로 나가는 순간 화살이 되어 날아가 찌른다. 상대를 잠시 멈칫하게는 했지만, 어르신은 다시 천천히 조용하지만 단호하게 시동을 걸기 시작한다. 노련미가 느껴졌다. 다행히 초저녁 잠이 많아 9시가 되기도 전에 자리에 눕고 정전이 이루어졌다.

열두 명이 쓸 수 있는 다인실(2등실이라고 표기되어 있다)에서는 누구를 만나게 될지 모른다. 편하게 1인실을 잡을 수도 있지만 그러지 않았다. 비싸기도 하고 또 우연히 만나게 될 재밌는 상황을 포기할 수 없다. 이것도 여행의 일부다. 어쩌면 목적일 수도 있고. 우리는 살아가는 동안 반드시 누군가를 만나야 하고, 내 뜻대로 상대를 정할 수는 없다. 그런 환경 속에서 의미를 찾는 것이 지혜가 아닐까 생각한다.

다인실은 10시 30분에 강제 소등되었다. 이것으로 끝났으면 좋겠지만 그러지 못했다. 일찍 주무신 어르신은 새벽 5시가 되기도 전에 깨어났다(당연히 그러셨겠지). 부스럭거리는 소리가 집요하게 귀를 파고든 탓에 깬 것도 아니고 안 깬 것도 아닌 몽롱한 상태에서 다시 들려오는 두 분의(사실 말은 한 분이 거의 하셨지만) 대화를 더 선명히 듣고 있었다.

"청주가 고향이라고요?"

"아, 저도 청주서 어릴 적에 살았는데."

"그럼 연세가 어찌 되시는데요?"

"그래요? 저보다 형님이시네. 허허허."

분명히 어젯밤에 다 했던 얘기다. 나도 알고 이 방 사람들뿐 아니라 옆방 사람들까지 다 알지도 모를 얘기를 새벽에 다시 시작하신다. 했던 얘기란 걸 잊은 건지 아니면 제대로 전달이 되지 않았다고 생각해서 반복하는 건지 알 수 없다. 설마 그럴까 싶지만, 가만 생각해 보면 나도 했던 말을 반복할 때가 많다. 상대의 반응이 시원찮을수록 제대로 이해하지 못했다고 생각하기 때문이다.

어르신더러 조용하라고 얘기했던 60대 아저씨는 할리 데이비슨의 오토바이(오리지널 버전)보다 더 웅장하게 밤새 코를 골았고 어르신들은 새벽부터 끝 모를 대화를 이어 나간 까닭에 결국 나만

잠을 잘 수 없었지만, 그래도 괜찮다. 어차피 여행 중이고, 잠이야 조금 부족해도 내일이 있으니 됐다.

끝…이라고 하려다 조금 더 현장 분위기를 설명해야겠다. 대욕탕은 오전 6시 오픈이지만, 그전부터 이미 많은 어르신이 사용 중이다. '준비중'이란 푯말을 걸고 물을 받는 중이지만 샤워만 할 거라며 밀고 들어간다. 일부 어르신은 5시부터 복도를 다니며 큰 소리로 일행을 부르면서 하선 준비를 시작한다. 챙길 게 뭐가 그리 많은지, 30분째 가방을 열었다 닫는다. 이제 하룻밤 지냈을 뿐인데 말이다.

새벽에 몇 번인가 깼다. 배는 이미 일본 규슈(九洲)와 혼슈(本州)를 잇는 내해로 접어들었고, 손에 닿을 듯 멀지 않은 육지가 어스름한 새벽빛에 신비한 자태를 드러내고 있다. 깰 때마다 시간을 확인하지만 생각보다 더디 간다. '사서 고생'은 이런 것이구나 싶다. 게다가 나는 젊지도 않은데 말이다.

낯선 거리 내_게 말을 건다

이번 여행,
아무 일정 없음

부관페리 하마유에서 내려 가라토시장까지 걸었다. 25분쯤 걸렸다. 오는 길에 여러 사람한테 물어봤다.

"가라토시장에 가려면 이쪽으로 쭉 가면 되나요?"

인터넷도 안 되고, 배에서 가져온 캐릭터 가득한 관광 지도만으로는 거리를 가늠할 수 없었다. 시장 1층을 대충 둘러보고 2층 식당으로 갔다. 아직 이른 시간이라 문을 연 곳이 몇 군데 없다. 바다 전망이 좋은 곳에 자리를 잡고 추천 메뉴인 사시미 정식을 시켰다. 1,985엔이나 한다. 지금까지 혼자서 이런 걸 시킨 적은 없었다. 보통 때라면 700엔짜리 조식 세트를 먹었을 것이다. 하지만 가라토시장까지 와서 그럴 수는 없다.

주문하고 기다리는 동안 바다를 보면서 '이번 여행, 아무 일정 없음'에 대해 생각했다. 살다 살다 이런 사치는 없을 것이다. 해외여행이 쉬운 일은 아닐 텐데, 그냥 '심심한데 여행이나 가볼까?' 같은 느낌이다. 하지만 나름대로는 대단한 계획이었다. 계획 없이 떠나는 것이 계획인, 뭔가 확고한 의지가 수반된 그런 계획.

10분쯤 바닷길을 따라가 게스트하우스인 우즈하우스에 짐을 맡겼다. 2층 침대가 있는 혼숙 도미토리지만 바다가 보이는 객실이다. 숙소 주변에는 아무것도 없다. 가장 가까운 식당이 5분 이상 가야 하는 정말이지 조용한 시골이다. 잠시 인터넷이 연결된 틈을 이용해 카톡도 확인했다. 1층 카페에서 커피 한 잔 마실까 하다가 그냥 나왔다.

다시 20분쯤 걸어 간몬 터널로 갔다. 혼슈(本州)와 규슈(九州)를 잇는 해저터널이다. 1937년에 계획하고 1958년 3월에 개통했다. 바다 밑을 780m '걸어서' 혼슈로 넘어가는 것이다. 이번 여행에서 유일하게 꼭 와야겠다고 생각한 곳이다. 간몬 터널이 개통되던 때 아버지가 이곳을 지나가셨다는 얘기를 들은 적이 있다. 수없이 규슈를 다녔지만 유독 여기는 올 기회가 없었다. 아버지는 열일곱 살 때부터 만주로, 일본으로 다니셨다. 그 시절

어린 아버지는 무슨 생각을 했을까? 여기 터널은 어떤 상황이었을까? 형제 중에는 나 혼자만 이런 상상을 한다. 나 혼자 아버지를 닮았다. 터널 중간에 혼슈와 규슈를 가르는 선이 우리네 분단선처럼 그어져 있다. 거기서 기념으로 사진을 찍었다.

규슈로 넘어가면 만나는 곳이 모지코레토르다. 내가 아는 일본의 도심지 중 가장 걷기 좋은 곳이다. 이국적이면서 고풍스러운 옛 건물이 도시 곳곳에 즐비해 있다. 식당마다 야키카레를 팔고 또 바나나를 이용해 만든 뭔가를 판다(일본이 바나나를 대만에서 처음 수입한 곳이다).

야키카레를 먹고 바닷가 나무 벤치에 앉아 있자니 잠이 솔솔 오는 게 아닌가. 하루쯤 못 잤다고 영향받을 나이는 아니라고 생각했는데, 그렇다. 하루만 영향받으면 그나마 다행이다. 구석진 곳에 누워 30분쯤 잤다. 벤치에 누워 잠든 건 처음이다. 오키나와에서 태풍이 올라온다고 해서인지 바람도 세지고 약간 선선한 느낌에 깼다. 배를 타고 시모노세키로 돌아왔다. 편도 400엔에 10분이면 도착한다. 게스트하우스 체크인 시간에 맞춰 들어왔다. 한 시간 정도 자고 정신을 차린 후 다시 나왔다.

한참을 돌아다닌 끝에 알게 된 것이 있다. 여기는 오후 6시가 넘으면 문을 연 가게가 거의 없다는 것이다. 그 흔한 라멘집도 없고, 가라토시장도 끝났고, 주변에 있는 식당가도 술집을 빼고는 다 닫았다. 참 신기하네. 다들 임대료를 어떻게 감당하는지. 그렇다고 낮에 북적이는 것도 아닌 듯한데 말이다. 편의점에서 도시락과 과일, 음료를 사서 바닷가 벤치에 또 앉았다. 오늘 유독 벤치랑 친하다.

멀리 오고 가는 배들을 구경하면서, 산책하는 강아지들을 보면서 '난 여기서 뭘 하고 있나?' 생각한다. 여기도 나름 관광지이지만 난 관광객은 아니다. 유명한 뭔가를 찾아다니지도 않는다. 3,000엔도 안 하는 게스트하우스에 묵으며, 빌 브라이슨의 여행기나 읽으면서 자판이나 두드리며 시간을 보내고 있다. 내일 저녁은 고베(神戸)로 넘어간다. 12시간 이상 야간 페리를 타야 한다. 태풍은 지금 어디쯤인지 모르겠지만 지난밤 부관페리에서 만났던 어르신들은 절대 그걸 타지 않을 테니 잠은 푹 자게 될 것이다. 고베서 내려 차이나타운이나 가 볼까 하는 생각을 잠깐 했다.

모지항에서
오사카까지

신모지항(新門司港)에서 이즈미오쓰항(泉大津港)으로 이동하는 한큐페리를 타기로 했는데 예약한 사이트에서 메일이 왔다. 운항이 취소되었다고 한다. 메일 확인이 늦었으면 자칫 재미있는 상황이 될 뻔했다. 하는 수없이 고베항(神戸港)으로 가기로 했다. 지금은 늦어 예약이 안 되지만 걱정은 없다. 어차피 다른 일정이 있는 것도 아니고 바쁜 일도 없다. 그저 오사카(大阪)로 넘어가기만 하면 된다. 배를 고집하는 몇 가지 이유가 있다. 그중 가장 기대하는 것은 한밤에 자다 깨어 망망대해를 보는 것이다. 정말이지 황홀한 일이다. 날이 좋아 별을 볼 수 있다면 더 좋고. 바다 한가운데서 비를 맞는 것도 좋다. 한밤에 일어나는 것쯤은 문제도 아니다.

이른 시간이라 로비에 앉아 버스가 지나가는 걸 확인한다. 조용한 시골 같은 모지역(門司駅)으로 갈지, 아니면 복잡하고 화려한 고쿠라역(小倉駅)으로 갈지 고민 중이다. 한큐페리의 무료 송영버스가 오후 5시 35분에 모지역 앞에서 출발한다.

퇴실하면서 보니 방명록 공책이 있다. 제법 많이 적혀 있다. 다양한 사람의 다양한 인사가 있다. 군대 있을 때 휴가 나오면 교회로 곧장 가 청년부실에 있는 '공감 노트'를 뒤적이던 일이 생각난다. 요즘으로 치면 단톡이나 밴드 같은 것이다. 그동안 다들 무슨 생각을 하고 살았는지 읽고, 쓰고, 공감하며 시간의 간극을 좁혀 가곤 했다. 몇 달 만에 글쓴이의 마음을 확인하는 것. 일주일 넘게 편지의 답장을 기다리는 일이나, 여기 게스트하우스의 방명록처럼 언젠가 누군가 읽을지 모를 글을 쓰는 것과 같다.

질문만 던지면 소설이라도 뚝딱 만들어 내는 현실에서 방명록은 이미 아득한 옛 시대의 물건이 되었다. 세상이 자꾸 빨라진다. 깊은 사유의 시간을 갖는다는 건 일부 철학자를 위한 사치스러운 시간이 되어 가고 있다. 내가 하는 이 여행도 사람들 눈에 그렇게 보일지 모르겠다는 생각이 든다.

낯선 거리 내 _ 게   말을 건다

버스가 막 지나갔다.

'우즈하우스 덕분에 시모노세키가 좋아졌습니다.'

방명록에 얼른 한 줄 적고 나간다.

모지역에서 내렸다. 조용하고 낯선 풍경이다. 사람들을 따라 남쪽 출구로 나왔다. 한 시간을 무작정 걸었다. 발견한 거라곤 패밀리마트 두 곳이 전부다. 정말 아무것도 없다. 요시노야(24시 간 운영하는 프랜차이즈 식당) 정도는 당연히 있으리라 믿었다. 스타벅 스나 도토루 커피, 아니면 툴리스 커피 중 하나는 당연히 있을 것으로 생각했다(이 세 군데는 무료 와이파이가 되고 충전기를 꽂을 수 있다. 참고 로 일본은 식당 같은 곳에 콘센트가 있다고 함부로 충전하면 혼난다. 점원이 달려와 불이 라도 지르는 걸 발견한 것처럼 깜짝 놀라는 표정을 지으며 당황해한다).

다시 역으로 돌아와 북쪽 출구 쪽으로 갔다. 그쪽은 더하다. 심지어 역 앞 택시 승강장에 택시가 한 대도 없다. 자판기에서 밀크티를 하나 뽑아 들고 잠시 계획이란 걸 세워 봤다. 이제 겨 우 아침 8시. 동네 공원에서 편의점 도시락을 까마귀와 나눠 먹으며 종일 앉아 있을 수는 없다.

어쩔 수 없이 고쿠라역으로 가는 표를 다시 샀다. 예상대로 역 에서 나오기도 전에 도토루, 스타벅스, 요시노야가 줄을 서 있 다. 아케이드 상점가도 있고, 심지어 역 건물이 아뮤 플라자 백

화점이다. 조금만 걸어가면 리버 워크 쇼핑몰이 있고, 오사카성이나 구마모토성 같은 멋진 고쿠라성(城)도 있다. 단가시장, 돈키호테까지 없는 게 없다. 오후 5시 35분까지 정신없이 다녀도 다 구경하기 힘든 곳이다. 물론 그렇게 다닐 생각은 절대 없지만. 이틀 시골에 있었다고 도시가 이렇게 반가울 수가. 이래서 귀촌은 함부로 결정하면 안 된다. 겨우 이틀 만에 대단한 통찰이다.

스타벅스에서 시간을 보내며 책도 보고 인터넷도 하리라는 계획은 한 시간도 못 돼 무너졌다. 어찌나 추운지 한 시간도 용케 견뎠다. 고객이 뛰쳐나갈 때까지 에어컨을 '잇빠이' 켜 놓는 바람에 버틸 수가 없었다. 분한 마음에 쇼핑몰에 가서 패딩이라도 사 입고 다시 와야겠다는 생각까지 했다. 햇빛에 잘 달궈진 돌로 된 야외 의자에 앉아 한참 동안 엉덩이를 지지고 나서야 진정이 되었다.

중고서점을 지나며 '들어가면 안 된다'고 혼잣말하면서도 끌리듯 들어갔다. 안 그래도 무거운 배낭에 두꺼운 책을 두 권 쑤셔 넣고 나왔다. 로프트에서 메모지와 펜을 사고(그나마 부피나 무게가 덜 나가는 걸로 골랐다), 유니클로 매장에서는 따뜻해 보이는 면 티셔츠를 두 장 골랐다. 다리도 아프고 돈도 없는데 가만히 있을 것이지, 자꾸 기웃거리다가 결국 이렇게 돼 버렸다.

세상
심심한 여행

비행기를 타지 않고 페리만 이용해 다니고 있다. 이번 여행의 마지막 배는 팬스타 드림호다. 오사카에서 출항해 부산으로 오는 페리 노선이다. 19시간이나 걸린다. 오는 길에 일본 해상국립공원인 세토나이카이(瀬戸内海), 세토대교(瀬戸大橋), 세계 최장 현수교인 아카시해협대교(明石海峡大橋)를 갑판에서 올려다볼 수 있다.

이번에 와이파이는 준비하지 않았다. 읽을 만한 책 몇 권과 노트북을 챙겼다. 알 만한 관광지나 사람이 많을 것 같은 곳은 멀리하고, 여행 내내 아무 말도 하지 않을 수 있었으면 했다.

이번 여행의 제목은 '심심한 여행'이다. 정말 심심해서 미칠

지경이 되면 좋겠다고 생각했다. 아무 생각이나 떠오르는 대로 두고 볼 작정이었다. 그러다 보면 평소 닿지 못했던 내면 깊숙한 곳을 들여다볼 수 있을지도 모른다고 생각했다. 이런 여행이 주는 선물은 금방 드러나지는 않는다. 그러나 장담컨대 그 어떤 경험보다 오래도록 깊은 자국을 남길 것이다.

여행 작가가 꿈이다. 늘 하고 다니는 말이다. 여러 사람한테 말하고 다니지만, 사실 내가 들으라고 하는 말이다. 이번 여행도 그 꿈을 향한 몸부림이다.

"꿈꾸고 있다고!"

"포기하지 않을 거라고!"라는 아우성이다.

타이틀이 심심한 여행이니 바쁠 일도 없었다. 아니 없어야 했다. 환전도 죽지 않을 만큼만 했다. 바람이 있다면, 기록하는 일이 익숙해졌으면 하는 것이었다. 차분하게 일상으로 이어지면 좋겠다. 기록하는 일로 인해 여행이 내게 일상이 되었으면 하는 것이다.

비 오는
아침

부산에서 배를 타고 규슈와 오사카로 떠난 여행이 끝났다. 일정의 절반 이상을 바다에서 보냈다. 여행이란 것은 언젠가는 끝이 있지만 항상 끝없이 이어질 것 같은 기대감을 품게 한다. 우리네 인생처럼 말이다. 그리고 지금 떠났던 곳으로 다시 돌아와 앉았다. 노트에 적힌 많은 메모가 서로 연결되어 이야기를 만들어 가는 사이, 며칠 지나지 않은 일정은 이미 추억이 되고 그리움이 되고 새로운 계획이 되고 있다.

배낭 속 물건들은 제 자리를 찾아가고, 이제 나만 자리를 잡으면 되는데 비는 왜 이렇게 내리는지. 작은 물방울이 처마로 모여 끊임없이 토독 토독 토도독 불규칙한 리듬을 만들며 창

틀과 처마와 가슴에 맺힌다. 가는 물방울이 바위를 뚫듯 심장을 뚫을 기세다.

일주일 동안 미뤄 둔 일정을 점검하다가 먼저 커피를 마셔야겠다는 생각이 들었다. 부동산에 들러 부탁한 매물을 확인하는 일이나 혈압약을 타러 병원 가는 일을 이렇게 감성 적시는 비 오는 날 아침부터 할 수는 없다. 그러기엔 지난 여행에서 아직 빠져나오지 못했다.

츠텐카쿠의
초라한 전망대

　　　　일본만 오면 옛날 생각이 자주 난다. 일본은 30년 전이나 지금이나 큰 변화가 없다. 우체통 하나, 공중전화 부스 하나, 심지어 시간당 아르바이트비조차 도무지 달라질 기미가 없다.

　『일본은 없다』가 베스트셀러이던 시절, 『일본을 읽으면 돈이 보인다』 이후로 '~가 보인다' 시리즈가 나왔다 하면 팔리던 시절의 그때나 지금이나 정말 변한 게 없다.

　일본을 여행하는 중에 자주 공허해지는 이유가 뭔지 생각했다. 시간이 지날수록 들뜬 기분은 차분해지고, 옛 추억의 감성에 사로잡혀 자주 무기력해진다.

여기 사람들은 점점 노인이 되어 간다. 표정은 어둡고, 친절한 종업원의 밝은 하이톤 목소리 뒤로 숨은 노곤함은 짙다. 그런 것들만 자꾸 보인다. 한때 신세계라 불렸던 오사카(大阪)의 혼도리(本通り) 상점가 거리라서 유독 그렇다. 화려한 광고판에 속아 관광객이 몰려들지만, 정작 한 골목만 돌아가면 옛 시절의 신세카이(新世界)가 그대로 보존되어 있다.

가수 양희은 씨가 불렀던 노래 '거치른 들판에 푸르른 솔잎처럼'이 생각난다. 1997년 IMF 외환 위기 때도 많이 불렸다. 박세리 선수가 연못가에 떨어진 골프공을 쳐 내기 위해 양말을 벗는 영상에도 이 노래가 나왔다. 코로나19로 힘든 시기에 이 곡을 떠올렸을 사람도 있을 테고, 대학 시절 저항가요로 금지곡이 되었을 때 목 놓아 불렀던 사람도 있을 테다.

나는 군대 훈련소 장면이 먼저 떠오른다. 한겨울 딱 죽기 직전까지 구르다가 이 노래를 불렀다. 조교는 마치 장난감을 가지고 놀 듯 우리를 모아놓고 뜬금없이 노래를 시켰다. 뭔가 추억거리를 만들어 주려는 목적이었을까. 얼마나 눈물이 나던지. 얼마나 서럽던지.

종일 걷다가 지쳐 잠시 앉은 벤치에서 의식 없이 이 노래를 흥얼거리고 있었다. 햇살은 따뜻하고 한참 무료한 중에 무슨 짓을 해도 쳐다볼 사람 하나 없는 자유로운 이곳에서 난데없이 끝 모를 감성에 빠져 버렸다. 여행 중에는 가끔 옛 생각이 나기도 한다. 장기 기억 속에 있던 추억이 여행으로 인해 느슨해진 긴장의 틈을 비집고 올라오기 때문이다.

오사카 츠텐카쿠(通天閣)의 초라한 전망대를 바라보면서 이런 저런 생각이 든다.

새파란
새벽

　　도쿄 아메요코(ア메横)시장을 지나 닛뽀리
역(日暮里駅)을 향해 걸었다. 우에노(上野)의 화려하고 번잡한 거리
에서 느꼈던 들뜬 분위기는 이내 차분해지고, 괜시리 서글픈 마
음이 차오르기까지 채 30분이 걸리지 않았다. 오후까지 내린 비
에 바닥은 얼굴이 비치치 않을까 싶을 정도로 선명하다. 걷다가
문득 슬퍼지는 건 무슨 이유일까? 첫사랑이라도 생각난 걸까,
아니면 왜 사는지 상념이라도 생긴 걸까?

　낯선 골목을 걸으며 생각의 흐름에 따라 의식을 흘려보냈다.
글을 쓰고 싶었는데, 타인의 시선 앞에 쓰고 싶은 글이 무뎌지
고 깎이고 급기야 나를 속이면서 겨우 이어지기도 했다. 좋아한

다고 했던 것이 생각보다 간절하지 않았다는 것도 알게 되고, 의미 없다고 여겼던 하루가 사무치게 그립기도 했다. 애써 잡으려는 것이 무엇인지 잊고 있는 건 아닌가 하는 생각이 들었던 것같다. 그러다가, 악착같이 살진 말아야겠다는 생각을 했다. 지금 이 시간, 가능한 한 천천히 걸어야지. 그런다고 시간이 늘어나는 건 아니지만 조바심을 내지 않아야겠다.

'신호가 바뀌어도 뛰지 말아야지.'

'결과는 생각지 말고 순리에 맡겨야지.'

밤바람이 더 차가워지고 빨라졌다. 날이 밝으려면 밤이 더 깊어야 한다. 새파란 새벽을 지나 눈이 부시게 하얀 햇살을 만나게 되면 이 밤의 슬픔은 추억으로 기억될 것이다. 아직 남은 인생이 길고 밤은 더 깜깜해지겠지만 그래도 대견하게 많이 왔다.

30년 전 어리바리하던 시절에 만났던 우에노 공원을 추억하다가 문득, '잘 살아야겠다'고 마음을 다잡는다.

낯선 거리 내_게   말을 건다

베트남 다낭의
한시장 산책

여름 끝자락에 베트남 다낭을 다녀왔다. 급하게 잡은 일정이라 별다른 준비 없이 떠났다. 길거리 카페에서 혼자 커피를 마시며 내리는 비를 오래도록 바라보기도 하고, 재래시장을 돌아다니며 기웃거리기도 하면서 낯선 시간을 보냈다.

첫날 묵은 호텔에서 엄청난 개미 떼의 출현에 놀라 한밤중에 방을 옮기는 일도 있었고, 다낭까지 가서 대구가 고향이라는 사장의 막창집에서 두 번이나 저녁을 먹기도 했다. 막창집 사장은 늦은 나이에 국제결혼을 해 돌이 갓 지난 늦둥이 아기가 있었다. 사장 부부가 너무 바빠서 얼떨결에 아기를 받아 안고 식사를 했다. 야외 로컬식당이었지만 입소문이 나 현지인이 많았다. 내 일처럼 덩달아 기분이 좋았다.

베트남 다낭 중심부에는 한시장(Han Market)이 있다. 한강을 중심으로 서쪽 번화가에 있어 지역민뿐 아니라 관광객에게도 인기가 많다. 주변에 관광객을 대상으로 하는 가게들이 줄줄이 한글 간판을 걸어 놓고 장사를 한다.

구글 정보에 시장이 아침 6시에 문을 연다기에 시간 맞춰 왔는데, 1층에 있는 꽃 가게나 식료품 가게 몇 군데만 열었을 뿐이다. 커피를 마실까 생각하다가 아침 일찍부터 상인들을 대상으로 하는 쌀국숫집이 있길래 들어갔다. 메뉴판의 그림만 보고 하나를 주문했다. 두리번거리다가 옆 테이블에서 시킨 만두처럼 생긴 음식이 맛있어 보여 추가로 주문했다. 음료를 마실 거냐고 묻길래(용케 알아들었다) 차가운 녹차도 주문했다.

순간 일본 드라마 〈고독한 미식가〉의 '고로 상'이 생각났다. 옆 테이블을 보고 추가로 주문하거나 항상 우롱차를 음료로 시키는 장면을 얼떨결에 따라 한 것이다. 주변을 보니 아무도 음료를 시키지 않았다. 그럴 분위기의 식당도 아니었다. 그러고 보니 가게에 들어올 때도 이전 같으면 어색해서 머뭇거렸을 텐데, 순간 고로 상의 대사 "실패하면 어때, 후회하면 되지"라는 말이 떠올랐는지도 모르겠다. 결과는 실패도 성공도 아니었다. 그저 든든히 아침을 먹었고 힘을 내 시장을 둘러봤다.

베트남의 따가운 땡볕 아래 30분을 걸어 시장을 찾아온 것이나, 에어컨 없는 길거리 음식점의 플라스틱 의자에 앉아 있거나, 목적지 없이 멍때리는 일도 나름 나쁘지 않다. 바쁘게 찍고 돌아와야 할 일정이 있는 것도 아니고, 설사 있더라도 계획은 언제든지 바뀔 수 있다고 생각하니 마음이 편하다. 여행은 지친 일상에서 만나는 빛나는 '틈'과 같다. 예상치 못했던 선물이 주는 기쁨처럼 일상의 틈은 그 자체로 아름답다.

복권 한 장의
행운

책장을 정리하다가 복권을 한 장 발견했다. 베트남 다낭을 여행하던 중 한시장에서 산 것이다. 시장 안을 구경하는 동안 복권 파는 사람을 여럿 보았다. 사는 사람도 꽤 있었다. 국수 한 그릇 시켜 놓고 기다리는 동안 나도 한 장 달라는 손짓을 보냈다. 베트남 돈으로 1만 동을 건넸다.

시장이나 식당처럼 사람이 많이 모인 곳에는 어김없이 복권을 파는 노인들이 있다. 복권은 매일 발행되고, 매일 추첨한다. 노인들은 정해진 구역을 돌며 날마다 새로운 복권을 판다. 구매하는 사람들은 도와주려는 마음이 있는 듯하다. 당첨금과는 상관없이 그들을 도우려는 사람들의 호의가 이어지는 것이다. 오히려 살 만한 동네에서는 잘 팔리지 않는다고 한다. 어렵고 힘든, 하루하루가 보장되지 않는 곳에 파는 이가 있고, 사는 이가 있다.

할머니는 내가 외국인인 걸 알면서도 슬며시 눈짓했다. 꼭 팔아야겠다는 간절함이나 애처로운 표정은 아니다. 담담하고 그러면서 외면하기 어려운 눈빛이었다. 한 장 받아 들고 나니 기분이 좋다. 적어도 베트남에서는 복권을 사는 것이 온전히 자신만의 행운을 위함은 아닌 듯하다. 이렇게 마음이 따뜻해지니 복권 한 장 사는 것 자체로 이미 행운을 만난 건지도 모르겠다.

책장을 정리하다 말고 피식 웃는다.

이미 변한 것과 변하지 말아야 할 것
(카오산, 람부뜨리 그리고 딸랏너이골목)

가게마다 엄청난 스피커의 진동이 가슴을 쉴 새 없이 때리는 통에 골목에서 채 10분을 버티지 못하고 나왔다. 배낭여행의 성지라 불렸던, 방콕 여행의 꽃이라 불렸던 이곳 카오산로드는 커다란 배낭을 멘 장기 여행자들 대신 시끄럽고 역한(혹은 달콤한) 대마초 향이 가득 찬 곳이 되어 있다.

자정이 넘어 방콕에 도착하자마자 숙소에 배낭을 던져두고 서둘러 나왔다. 가볍게 뭐라도 먹어야 했고 '이제는 예전과 다르다'는 카오산로드를 얼른 확인해야 했다. 황망한 마음에 우두커니 서 있다가 '사와디카'라고 합장하는 맥도날드 아저씨에 끌려 가게로 들어갔다. 방콕에서 맥도날드라니. 하지만 이 순간 여기만큼 안정된 곳을 찾기 어렵다. 골목의 시끄러움에서 잠시 해방되었지만 분노인지 아쉬움인지 모를 감정에 한동안 멍하게 있었다.

흔히 카오산로드를 '무엇이든 할 수 있고, 아무것도 하지 않을 자유가 있는 곳'이라 했다. 그 자유가 방종이 되고 무기력이 되고 결국 자괴감에 빠지게 하지는 않았을까 생각해 본다. 내 속에 바위처럼 자리 잡은 그것과 같은 것인지도 모르겠다. 노력해도 변하지 않을 현실 앞에 도피하듯 떠난 것이 내게는 여행일 수도 있다. 늘 자신만만하고 여유롭게 미소 짓지만 언제든 포기할 준비를 하고 있는 내 모습을 이곳에서 마주한 것만 같다. 카오산로드의 달라진 모습 속에서 나만 모를 뿐 나도 이미 그들 속에서 옛 거리의 추억 따위는 버려두고 취해 있는 건 아닐까 하는 생각이 스친다.

일찍 일어났다. 지난밤 악몽이라도 꾼 것처럼 현실감이 없다. 카오산로드를 뒤로하고 람부뜨리 거리로 들어왔다. 알레르기로 종일 훌쩍거리다가 지르텍 한 알로 진정된 것처럼 거리로 들어서자마자 차분해진다. 게스트하우스나 2성급 호텔이 골목 안쪽에 자리하고, 마사지 가게와 카페가 활짝 오픈되어 골목과 어우러져 있다. 아기자기하고 수수한 거리. 우거진 나뭇잎 사이로 비처럼 내리는 볕이 묘한 설렘을 느끼게 한다.

다니다 보니 공사 중인 곳이 몇 군데 있다. 좀 더 많은 펍과 카페가 들어서고 좀 더 요란하게 스피커가 울리면 이곳도 어찌 될지. 주차된 낡은 차도 치워지고, 어슬렁거리는 강아지나 나뒹구는 잡다한 생활 쓰레기도 사라지겠지. 그러면 꿈꾸는 여행자들은 또 다른 골목으로 도시의 민낯을 찾아 떠나야 할지 모르겠다.

짜오프라야강을 따라 수상버스를 타고 30여 분을 달렸다. 긴 꼬리배는 물살을 가르며 시원하게 방콕의 풍경을 보여 준다. 화려한 사원과 함께 거대한 빌딩들이 하늘을 찌르고 있다. 마린 디파트먼트(Marine Department)에서 내려 딸랏너이 골목으로 들어섰다.

관광객들은 주민 사이에서 자연스러운 풍경을 카메라에 담는다. 특색 있는 벽화도 좋지만 꾸미지 않은 그대로의 골목이 좋다. 자동차 정비소나 부품을 판매하는 가게가 많다. 에어컨이 빵빵한 상업 카페는 찾기 힘들고, 동남아 어디에도 있을 법한 길거리 카페나 동네 구멍가게를 이따금 만난다. 주인아주머니는 뭘 팔려고 나온 건지, 어쩌다 거기 앉은 건지 장사보다 지나는 여행객 구경하기 바쁘다. 동네 주민들이 여기저기 앉아 담소를 나누며 지나는 여행자들에게 눈인사한다. 노란 자전거를 빌

려 골목을 누비는 여행객들마저 벽화의 한 부분처럼 자연스럽게 골목에 스며든다.

마치 사랑에 빠지듯 미로 같은 골목길에 천천히 빠져들었다. 어디에나 있을 법한 골목이고 벽화고 동네 사람들일지 모른다. 그러나 사랑에 빠져드는 것처럼 어딘가에 빠져드는 것은 명료한 이유나 해설이 불가능하다. 오래되어 낡은 처마가 어째서 좋은지, 정리되지 않은 잡풀이나 꽃 심지어 버려진 듯 세워진 손수레 같은 것에 왜 끌리는지 알 수 없다. 언젠가 정신을 차리고 편리하고 합리적인 시선으로 바라보는 날이 올지 모르지만, 적어도 지금 이 순간은 정돈되지 않은 낯선 골목과 은밀한 사랑을 키우고 있다.

훗날 다시 오더라도 지금 이대로의 골목을 만날 수 있기를 바란다. 자동차 부품 판매점이나 구멍가게들이 어렵지 않을 만큼 장사가 되길, 한 블록 앞에 거대한 쇼핑몰이 들어서고 프랜차이즈 카페가 무자비하게 포진하더라도 이 좁은 골목길은 첫사랑처럼 그대로이길 희망해 본다.

낯선 거리   내_게   말을 건다

그리고
월요일

또 월요일. 아무 일 없었다는 듯 한 주가 시작된다. 길지 않은 여행은 어느새 추억이 되고, 나는 익숙한 아침의 일상으로 힘겹게 돌아와 앉았다.

여행지에서 찾은 네 잎 클로버가 문득 생각났다. 잘 챙긴다고 뒷자리 포켓에 넣어 둔 걸 잊고 있었다. 무사히 여행을 마친 게 그것 덕분일까? 아니면 새로운 행운을 놓쳐 버린 걸까? 허튼 생각이 바쁜 아침을 붙잡는다.

대출금 이자 송금, 점심 약속, 주중 일정 정리, 다음 주 출장 준비…. 생각나는 대로 급하게 처리해야 할 일들이 둥둥 떠다닌다. 정리해서 적어 두지 않으면 자꾸 잊어버린다. 미루다 보면 나중에는 해야 할 일인지 혹은 그냥 바람인지조차 헷갈리게 된다. 운동이나 영어 공부처럼.

50일 가까이 지속하던 글쓰기 챌린저를 여행하는 동안 멈췄다. 인터넷 사정이 좋지 않았고, 돌아다니느라 여유가 없었다. 아니면 여행을 핑계로 매일 글을 쓰는 것에 대한 부담을 내려놓고 싶었던 건지도 모르겠다. 어찌 되었든 다시 시작했고, 66일 동안의 목표가 끝나더라도 나는 꾸준히 써야 한다. 누가 시킨 것은 아니지만 거역할 수 없는 굴레에 메인 듯 딴생각을 할 수 없다.

이런저런 분주한 일이 많은 하루다. 금방 월요일이 왔듯, 금방 10월이 오겠지. 무심히 하던 대로 하겠지. 살던 대로 살겠지…. 그러다가 금방 60대가 되겠지. 멈추지 않고 가벼운 마음으로 여행을 계속할 것이다. 여행을 통해 나를 바라보고 삶의 본질과 방향을 기억할 것이다. 그렇게 기대하던 인생을 이어 갈 것이다.

태백,
느릿느릿 걷다

기어이 강원도 태백에 왔다. 아침에 출근하는 척 무심하게 나와서는 강원도 태백까지 왔다. 생각만큼 먼 곳이 아닌데 어째서 이토록 만나기 어려웠을까 하는 생각이 들었다. 책의 초고를 쓸 때부터 그렇게 오고 싶었던 곳을 이제야 오게 되었다.

여행 산문집을 쓰기 시작하고 여러 여행지를 생각했다. 강원도는 가 봐야 하지 않을까 하는 생각이 먼저 들었다. 마치 오랫동안 미뤄 둔 숙제를 마쳐야겠다는 바람처럼. 그렇게 알 수 없는 끌림이 여기 강원도의 차분한 마을로 천천히 나를 당겨, 결국 오늘 만나게 되었다.

겨울의 눈 덮인 태백과는 달리 7월의 햇살이 뜨거운 이곳의 첫인상은 세상 어디에나 있을 작은 도시라는 것. 황지자유시장에서 순대국밥을 한 그릇 주문하고 태백시 관광안내소에서 받아 온 팸플릿을 폈다. 읽다 보니 월요일은 관광지가 대부분 휴관이다. 특별히 기획된 야시장도 주말에만 한다. 어차피 유명하다는 곳을 보려고 온 것은 아니지만 그래도 못 본다 하니 조금은 아쉽다. 오늘은 그냥 여기저기 빈둥거려야겠다.

책을 쓴다는 절실함이 이곳까지 여행을 떠나게 한 것 같다. 거리 끝에 있는 여관 월세방을 하나 얻어 한 달도 좋고 두 달도 좋고 못 견딜 때까지 머무르면 얼마나 좋을까. 물론 겨울이라야겠지. 그래야 강원도지. 하룻밤에 한 문장씩 퇴고할 수 있다면, 이곳이 주는 영감이 얼마간 나 대신 책을 쓸 수 있게 한다면 한두 달이 어찌 아깝겠는가.

거리 끝에 있는 카페에 앉아 노트북을 펼쳐 본다. 이전에 쓴 글들이 술술 읽히면 좋겠다. 고쳐 쓸 게 많겠지만 그래도 내 글인 게 드러나는 문장을 만나면 좋겠다. 늦은 시간까지 작업을 하고 내일 오후에는 바다를 보러 가야겠다. 뜨거운 여름은 싫어도 여름 바다는 시원할 테니.

2박 3일의 짧은 일정이지만 휴가 내기를 잘한 것 같다. 작정

하고 떠나는 대신 짧지만 훅 떠날 수 있는 용기가 있어서 다행이
다. 그런 선택을 할 수 있는 게 얼마나 감사한지 모른다.

태초의
모습

　　어제는 그렇게 눈부시더니 오늘 장맛비
는 또 이렇게 구슬프다. 처음 마주한 태백산 앞에서 청아한 공
기를 깊이 들이켜며 비를 따라 얼마간 올랐다. 웅장한 빗소리에
오히려 고요해진 산이 비를 품듯 나를 품는다. 태백산 하늘 전망
대에서 내려다본 숲은 빗속이라 그런지 태초의 모습 그대로인
듯 거대하고 신비롭다.

　태백산은 지금 나에게 전부를 보여 주지 않는다. 비와 운무로
둘러싸인 숲은 전망대 난간 아래서 끝없이 지평선처럼 이어져
있다. 굵은 빗줄기는 내리는 것인지 오르는 것인지조차 분간이
되지 않을 만큼 눈앞에 가득 차고, 그 소리는 온몸을 감싼다. 잡

다한 생각이 흩어지고 산 앞에 지극히 겸손해진다.

'우리의 삶은 누군가의 편으로 차츰 다가가는 것인지도 모른다. 그도 내 편이 되면 좋겠지만 그러지 않더라도 행복할 수 있다면, 그것으로 족하다고 고백하는 인생이 되고 싶다.'

써 놓은 걸 가만히 보니 이렇게 살고 싶어진다. 내 SNS 상태 메시지 중에 '나를 위해 살다가 나를 위해 죽는 자 되지 않기를'이라고 쓰여 있는 것이 있다. 점점 현실적이지 않은, 현실에는 별 관심이 없는 듯한 언행이다.

우리의 인생은 찰나와도 같다고 한다. 긴 여행을 하는 것 같지만 영원의 시간 속에서 보면 잠시 머무를 뿐이다. 바람에 나는 겨와 같고, 풀꽃과 같다고도 한다. 그러니 영원히 존재하리라 생각지 말자. 누구를 위해 살든 누구를 위해 죽든 결국 돌아가게 된다. 나 자신에게조차 강요할 수 없는 숙제를 안고 고민하고 있다.

홀로 태백산을 오르고 날아가는 생각을 잡아 메모하는 것. 이것은 멀리 점을 찍는 행위와도 같다. 거기까지 어찌 살아야 하나 생각하고 힘을 내게 하는 결심이다. 그리고 다음 점을 찍고 또 그렇게 살고…. 내가 희망하는 곳까지 힘을 내어 나아가게 하는 것이 내게는 여행이고 글을 쓰는 행위다.

무턱대고 떠난 여행

두 시간
여행

대구에서 일본 도쿄까지 비행기로 떠나
거나, 아니면 수안보를 지나 충주호 위쪽에 있는 확 트인 전망대
까지 드라이브하거나, 새로 개통한 동해선 기차를 타고 영덕이
나 후포나 울진이나 맘 닿는 곳까지 레일의 흔들림에 몸을 맡기
고 이런저런 상상을 하거나, 버스나 기차나 비행기를 이용하거
나 어떤 여행이든 두 시간 정도 거리를 좋아한다.

30분 정도 졸다가

30분 정도 책을 보다가

30분 정도 풍경을 바라보다가

나머지 30분은 두리번거릴 생각에 분주해지는 여행.

사방으로 두 시간 걸어 닿는 곳이 어딜지도 궁금하다. 큰 창이 있는 카페가 있으면 좋겠다.

거창한 계획은 말고 그저 두 시간 정도 여유를 갖고 후루룩 떠나고 싶다.

제주에서의
아침

바람이 분다. 파아란 바다와 하이얀 파도, 그 사이 몽돌의 조잘거림. 날은 밝았고 해는 정확히 어디쯤 있는지 알 수 없지만, 제주에 평화로운 아침이 왔다.

제주공항에 내리면 왠지 미안해진다. 여행을 좋아하고 걷기를 좋아하면서도 제주 올레길에는 무심했으니.

15년 전에 한 번, 아이가 어릴 때 부모님 모시고.

3년 전에 한 번, 아이와 둘이.

그리고 바다는 차로 지나가며 슬쩍, 골프만 치고 온 게 한 번.

이번에 네 번째다. 1박 2일의 짧은 일정으로, 그것도 업무차 왔다.

현장 미팅은 전날 오후에 모두 마쳤고, 오전 10시에 로비에서 일행을 만나기로 했다. 그전에 바삐 체크아웃하고 바다로 나왔다. 정방폭포는 개장 전이다. 올레길 표식을 따라 바닷길 안쪽으로 걸었다. 정겨운 작은 폭포가 있고, 흐린 하늘과 바다와 파도가 거기 있었다.

영업 전이지만 불이 켜진 카페가 있어 슬며시 들여다보니 들어와도 좋다고 눈짓한다. 무슨 부탁이든 다 들어줄 것 같은 편안한 인상의 사장님이 따뜻한 미소와 함께 커피와 이제 막 오븐에서 꺼낸 빵을 내주었다.

밖은 여전히 흐리고, 바람은 세다. 해가 없지만 드문드문 선글라스를 끼고 뛰는 사람이 지나가고, 아직은 한산한 도로가 민낯을 드러내 보인다. 오히려 쨍한 날보다 제주스럽다는 생각이 든다. 차분해지게 한다.

마음이, 계획이나 욕심이 먼저 앞서지 않게 가만히 생각을 내려놓을 수 있었다.

카페 사장님은 준비를 마쳤는지 낮은 돌담 끝에 오픈을 알리는 안내판을 내고 장사를 시작한다. 'Bakery Cafe 70', 문에 붙은 공지를 보니 주말마다 쉰다. 유명 관광지를 앞에 두고 주말마다 문을 닫는다니 대단한 용기다.

사장님은 제주에서 뭘 할까? 뭘 하고 싶은 걸까? 누구나 그 자리에서 자신이 하고 싶은 걸 하면서 살면 좋겠다. 그게 뭔지 알면 좋겠다.

다음에는 제주에서 조금 더 긴 시간을 보낼 수 있을까. 서로 들려줄 얘기가 너무 쌓여 잊어버리기 전에, 다시 어색해져 버리기 전에 속히 그날을 만나면 좋겠다. 살면서 지키고 싶은 다짐이 많아진다.

걷기
딱 좋은 주말

예보를 보니 아침에는 흐리고 간혹 비가 오지만 오후엔 걷기에 적당한 날씨다. 셋째 주 토요일에는 걷기 모임이 있다. 자유롭게 걷다가 가져온 간식이 있으면 나누고, 걷기가 끝나면 시간이 되는 사람들끼리 밥을 먹고 헤어진다. 10여 명이 모이는데 이전부터 알고 지내던 사람은 두 명 정도다. 모임에 자발적으로 들어간 건 걷기에 대한 다양한 선택지를 두기 위함이었다. 아는 사람이 별로 없다는 이유도 있고 자유롭게 참석할 수 있다는 것도 좋았다.

나는 다른 사람들과 뭔가를 함께 하는 것에 익숙하지 않다. 하면 또 잘 해내지만 혼자 하는 걸 더 좋아한다. 여행도 그렇고,

걷기도 그렇다. 남들 눈치를 많이 보는 편이고 배려하느라 줄곧 나 자신에게 소홀하다. 그러고는 후회하고 다짐하고 또 후회하기를 반복한다. 이 모임에서는 그러지 않으려고 또 다짐한다.

12시쯤 모임이 취소되었다. 달성습지 쪽에 비가 많이 올 거라는 예보가 있었다. 요즘 일기예보는 얼마나 섬세한지 무시할 수가 없다. 마음먹은 김에 혼자라도 가기로 했다.

우리 동네는 아직 비가 올 것 같지 않았다. 아내에게 함께 걷자고 했더니(걷는 걸 좋아하지 않아 좀처럼 같이 걷자고 하지 않는다) 바로 싫다고 한다. 평소 여러 이유를 들어 거절하는데, 오늘은 걷고 나면 바람 냄새 나는 게 싫단다. 서로 웃었다. 결국 가볍게 산책하고 후배가 하는 피자가게에 가는 걸로 협의를 봤다.

차를 가지고 대구스타디움으로 갔다. 원래는 걸어서 가는 곳이지만 이번엔 아내와 동행하느라 어쩔 수 없었다. 주차하고 슬렁슬렁 산책을 하는 둥 마는 둥 한 바퀴 돌았다. 걷기용 스틱도 필요 없고 운동복도 입지 않았다. 추울까 봐 두툼한 점퍼까지 입었다. 도중에 살짝 비가 오긴 했지만 이런저런 얘기를 나누며 좋은 시간을 보냈다.

계획대로 산책하고 피자를 먹었다. '운동 후에 먹는 피자는 더 맛있겠지? 운동 안 하고도 이렇게 맛있으니….'

운동과 체중 관리, 영어 공부가 목표였는데 어느 것 하나 쉬운 게 없다. 오전까지만 해도 한 달에 한 번인 걷기 모임을 잔뜩 기대했다. 코스를 마치고도 일행과 떨어져 더 멀리까지 넘어가 보리라 다짐했는데….

계획과는 다른 일상을 늘 만나지만 흔들릴 이유는 없다. 어떤 계획이든 나름의 목표가 있고 그보다 근본적인 꿈이 있기 마련이다. 오늘처럼 자꾸 미루다 보면 더는 핑계를 댈 수 없는 날이 오겠지만, 그래도 잔잔하고 사랑스러운 하루를 만났으니 위로가 된다.

바다
한가운데

배를 타거나, 야간열차를 타거나, 버스를 타거나 이동 수단 자체가 여행인 것이 있다. 간혹 목적지와 상관없이 이동 수단만을 고대하며 떠날 때도 있다. 베트남에서는 긴 내륙을 이동하기에는 침대 버스만큼 심심하면서도 재밌는 게 없다. 그 버스를 타기 위해 크게 기대하지 않았던 도시까지 여행을 했다. 시베리아 횡단 열차도 마찬가지다. 이르쿠츠크의 멋진 건축물이나 바이칼 호수도 있지만, 실은 시베리아 횡단 열차를 타기 위해 러시아를 여행했다. 일본의 페리도 그렇다. 신칸센으로 두 시간이면 갈 수 있는 거리를 열 시간 넘게 페리를 타고 간다. 그것 때문에 일정을 잡기도 했다. 드라이브도 좋다. 해안도로든, 단풍이 멋진 산길이든, 시골의 정겨운 풍경이든 중요한 것은 어딘가로 가고 있고 그 길이 내 마음을 빼앗고 있다는 것이다.

나는 유독 배를 좋아한다. 배를 타는 상상만으로도 가슴이 두근거린다. 인생의 쉼표와도 같다. '불멍'이라는 말을 시작으로 '○○멍'이란 말이 유행이다. 배를 타면 프로펠러에서 밀려 나오는 물살을 한참이고 바라본다. 고요한 바다 가운데서 내뿜어지는 물결과 하얀 물살을 보노라면 머릿속이 차분해진다. 그리고 집요하게 괴롭히던 문제가 별일 아닌 것처럼 물보라와 함께 사라지기 시작한다. 그렇게 내려놓는다. 그래도 된다는 걸 알게 된다.

어디라도 좋다. 배를 타고 밤바다 한가운데로 나갈 수 있으면 좋겠다. 검은 바다에 서서 하늘을 보고, 별을 볼 수 있으면 좋겠다. 세찬 비가 내려도 좋다. 뚜렷한 목적지는 없어도, 바다 한가운데를 지날 수만 있다면 어디를 가든 상관없다.

배를 타는 것으로 영상을 만드는 유튜버가 있는 걸 보면 나만 이런 취향인 건 아닌 듯하다. 경험해 보지 않으면 모르는 분야도 있다. 경험한 것은 그저 보고 들은 지식과는 다른 힘이 있다. 길을 아는 것과 그 길을 걷는 것이 다른 것처럼 무언가를 경험하는

무턱대고 떠난 여행

것은 그것을 진짜 알아 가는 것이다. 바다 한가운데서 사색에 빠지는 즐거움을 다른 이들도 경험해 보길 바란다. 한 번 빠져들면 헤어나기 어려울지도 모른다.

'배 타고 지구 한 바퀴'를 꿈꿔 보면 어떨까? 자꾸 상상하다 보면 지구 한 바퀴는 어렵더라도 하룻밤은 쉽게 도전할 수 있다. 비싼 크루즈 여행이 아니라도 좋다. 요즘은 제주도나 울릉도로 가는 페리도 훌륭하다. 배에서 저녁노을을 만나고, 아침을 맞이하고, 오래도록 '물멍'을 해 보는 거다. 생각만으로도 멋진 계획이다.

혹시 멀미로 고생하거나 날씨가 나빠 실패해도 상관없다. 어차피 추억은 그리움으로 남게 될 테니 그것도 행복이지 않을까.

여행이
남긴 것

　　일주일의 시간을 비웠고, 그만큼의 경비도 지출했다. 지금 여행을 마치고 돌아가는 길에 슬슬 정산해야 할 것 같은 압박이 있다. 전혀 바쁠 일 없는 일정에서 종일 걷고, 메모하고, 책 읽고, 무료하게 아무 생각도 하지 않은 시간을 모아 이번 여행을 어떻게 정리하면 좋을까.

　이런저런 메모를 했다. 평소에도 수없이 잡다한 생각을 하며 살지만, 그 생각 속에서 뭔가를 찾아내 메모지에 옮기는 일은 분명 대단히 귀찮고 성가시고 그리고 멋진 일이다. 다이소에서 구매한 작은 노트를 들고 다닌다. 크기도 적당하고 두께도 좋다. 휴대폰 메모장을 열어 문자를 두드리는 것보다 자유롭다. 생각나는 대로 마구 날려 적은 낙서 같은 메모는 속히 노트북으로 옮기지 않으면 무슨 말인지, 무슨 상황인지 곧 잊어버린다. 휴대폰 메모장을 이용해도 좋지만 그대로 거기서 숙성되어 가는 메모를 볼라치면 불편하기 짝이 없다.

메모는 습관이다. 메모가 필요한 순간은 깊은 생각에 잠기거나 멍청하게 있다가 뭔가 팍 떠오를 때다. 그 찰나를 위해 항상 준비하고 있어야 한다(경험상 절대 잊어버릴 것 같지 않은 것일수록 반드시 잊어버린다).

걷기도 마찬가지다. 이번 여행에서는 매일 원 없이 걸었다. 나이키 95맥스를 신은 것도 아니고 집에서 신던 크록스에 양말도 신지 않은 채로 말이다. 계획대로라면(원래 계획이란 게 없었지만) 숙소 앞 200m 정도에 있는 세븐일레븐에서 어묵이나 몇 개 먹고 오는 정도로 조금만 걸을 작정이었다. 학교 다닐 때 공부를 못한 건 머리가 나빠서라기보다는 한군데 오래 앉아 있지 못하기 때문이란 걸 확실히 알게 되었다. 그나마 걸을 때는 다른 짓을 하기 어렵기에 이런저런 생각을 할 수밖에 없다. 보이는 풍경도 평소와 다르니 신선한 사고의 조합이 나오기도 한다.

운동 삼아 열심히 걸었다면 세 시간쯤 걸렸을 거리지만, 무거운 배낭을 둘러메고 산책하듯 어슬렁거렸으니 조금 과장해서

변기에 앉아 있는 시간을 빼고 종일 걸었다고 할 수 있겠다. 지칠 때까지 걸었다. 발바닥이 아프거나 어깨가 눌려 멈춰야 할 때는 커피를 마시고(와이파이가 되는 곳이라면 감사하고) 햇살 좋은 벤치에 앉아 지나는 사람들을 구경했다.

이 외에도 이번 여행은 나에게 여러 가지를 남겼다. 앞서 말했듯 꽉 채운 메모 노트와 이런저런 실행되기 어려운 상상과(모든 상상은 원래 실행되기 어렵게 시작된다) 뭔가를 꾸준히 열심히 해야겠다는 작은 결심들. 아, 아직 청구되지 않은 카드 내역서도 있다.

마지막으로 남긴 숙제도 있다. 왜 떠난 것인지, 이번 여행의 의미에 대해 흩어진 조각을 모아 맞추고 퍼즐을 완성하기까지 스스로 답을 풀어 내야 한다. 실제로 여행 기간보다 더한 시간을 복기에 매달려야 할지도 모르겠다. 그러는 사이 여행이 조금씩 완성되어 간다.

새마을호의
정겨움

서울에 다녀왔다. 일을 마치고 서울역에 도착해 티켓 발권기에서 열차표를 조회하는데 5분이 채 남지 않은 표가 뜨는 게 아닌가. 금요일 오후라 잔뜩 걱정하던 차에 재빨리 결제하고 플랫폼으로 뛰어 내려갔다. 그런데 타서 보니 뭔가 이상했다.

'아, 새마을호구나.'

도착 시간을 보니 7시 19분이다. 동대구역까지 3시간 20분 걸린다.

'어쩌지? 다시 올라가서 반환해야 하나?' 생각하면서도 몸은 이미 자리를 잡고 있었다. 좌석은 KTX보다 넓다. 편안한 창가 자리고, 넓은 창에 시야도 좋다. '그래. 여행은 기차지!' 생각하고 편한 마음으로 앉았다.

옆자리에 앉은 학생은 천안아산역에서 내렸다. 그 후로 줄곧 혼자 왔다. KTX보다 느려서 그런지 풍경이 눈에 잘 들어온다. 날씨도 좋고 햇빛을 등지고 달리니 사물이 더 선명하게 보인다.

한참 창밖을 보다가 『도쿄공원』이란 책을 꺼냈다. 이야기 배경이 도쿄에 있는 여덟 군데의 공원이다. 배경이 공원이라니 반가웠다. 드문드문 창밖 풍경을 보다가 소설 속으로 다시 들어갔다. 간식 카트라도 오면 좋겠지만 요즘은 없나 보다. 새마을호라 혹시나 기대했는데.

아침 일찍 출발해 다녀오는 피곤한 일정이지만 기차를 탄 까닭에 여행하는 느낌이다. 새마을호 열차가 주는 정감이 좋다. 규칙적으로 반복되는 레일의 소음은 마치 자장가를 부르며 토닥이는 엄마의 손끝처럼 편안하고 나른하다.

동대구역에서 내려 꽈배기빵을 한 통 샀다. 여행 다녀오는 길이라면 당연히 이런 것 하나는 손에 들고 집에 가야지 하고 생각했다.

소풍
가는 날

초등학교 친구들과 구룡포 바다로 소풍을 갔다. 소형 버스를 한 대 빌렸다. 행운권 추첨 용지를 만들고, 상품도 준비하고, 퀴즈도 내고, 조별 게임도 하고….

회장이 교회학교 선생님이라 마치 여름성경학교를 하듯 꼼꼼하게 준비해 왔다. 대구는 종일 비가 온다는데 구룡포는 오전 9시에 비가 그친다는 예보다.

소풍. 그 시절 이보다 더 두근거리는 말이 있었던가. 다 식어 김빠진 사이다조차 얼마나 달콤했던지. 카톡 프로필에 벌써 손자 사진이 걸린 이도 있고, 시원한 머리에 항상 모자를 쓰고 다녀야 하는 이도 있지만, 우리끼리 있을 때면 그 시절 별명조차 귀엽게 불러볼 수 있는 변함없는 이름 '친구'.

"꿈은 하늘에서 잠자고, 추억은 구름 따라 흐르고, 친구여 모습은 어딜 갔나 그리운 친구여." 조용필의 '친구여'라는 멋진 노래, 멋진 가사가 생각난다. 예전에는 동창회 모임에 나가지 않았다. 어쩌다 한번 가 보고는 좋아졌다. 술을 과하게 마시는 친구도 없고, 그 흔한 노래방조차 가지 않는다. 식당에서 모이면 2차로 간단히 커피나 맥주 한잔하는 게 전부다. 참 희한하게 건전한 모임이다. 삶의 이력이 다르니 가끔은 다양한 가치관이 부딪히기도 한다. 그래도 결론은 좋다. 우기지도 않고 고집할 것도 없다. 그러기엔 서로의 세월을 이해한다. 아니, 이해하기로 작정하고 만난다. 다른 목적이 없으니 사심도 없다.

구룡포에 도착할 때쯤 비가 그치면 좋겠다. 김밥과 삶은 달걀, 사이다가 든 가방을 들고 손수건 게임과 보물찾기를 하던 그 시절의 아이들을 다시 만나면 좋겠다. 그렇게 잠시 나이를 내려놓고 목젖이 다 보이게 활짝 웃으면 좋겠다.

덧붙여서, 도착해서 점심을 먹고 나니 비가 그쳤다. 혼자 떠나길 좋아하지만 나이가 들수록 친구가 있어 더 좋은 여정일 수 있다는 생각이 들었다.

희망을 안겨 준
이발소

초등학교 4학년 때 반야월로 이사를 했
다. 완전 시골은 아니지만, 그렇다고 이전에 살던 곳처럼 있을
것 다 있는 동네도 아니었다.

가끔 이발소를 찾아 옆 동네까지 가야 했는데, 정말이지 추억
의 옛 거리를 테마로 꾸민 듯한 그런 이발소였다. 거울 위에 있
는 조잡한 액자, 면도칼을 가는 가죽 띠, 비누 거품 통, 시멘트
로 마감된 사각의 세면대, 빛이 바랜 흰색 가운을 입은 이발사
아저씨, 비누 향과 신문에서 나는 종이 냄새, 거기다 찌든 머릿
기름 향이 묘하게 어우러진 이발소만의 독특한 풍경에 향을 입
힌 그런 곳이었다.

요즘은 미장원에 가면 순식간에 자르고 나온다. 한 달에 한 번씩 가니 묻지도 않고 딱 한 달 만에 와야 할 만큼 잘라 준다. 기계로 끝부분을 먼저 밀고 가위로 쓱쓱 몇 번 자르고 나면 샴푸실로 간다. 샴푸 후 삐져나온 머리카락을 정리하면 끝이다. 밥 아저씨가 그리는 그림보다 훨씬 간단하다.

거기에 비해 이발소는 오래 걸린다. 이유는 알 수 없지만 긴 시간 공들여 작품을 만든다는 느낌이 든다. 고객을 위한 서비스라기보다는 작품을 대하듯 혼신을 다해 작가의 세계를 표현해 내는 것처럼 느껴진다.

어릴 적 반야월의 그 이발소에서 외운 시가 하나 있다. 머리를 손질하는 동안 멍하니 거울 위 액자에 있는 시를 반복해 읽다 보니 외워졌다. 그러고 보면 어릴 적부터 낭만적인 글에 끌렸나 보다.

"폭풍이 부는 들판에도 꽃은 피고/ 지진 난 땅에서도 샘은 솟고/ 초토 속에서도 풀은 돋아난다./ 밤길이 멀어도 아침 해 동산을 빛내고/ 오늘이 고달파도/ 내일이 있다./ 젊은 날의 꿈이여 낭만이여/ 영원히…."

영국의 대표적인 낭만파 시인 조지 고든 바이런의 〈희망〉이라는 시다. 초등학생이 줄줄 외우고 다닐 만큼은 아니겠지만 그렇게 유명한 시인 줄은 당연히 몰랐다. 뭐라도 외운다는 건 그냥 안다는 것과 다르다. 되뇔 때마다 영향을 받게 된다.

점심 먹고 커피 한 잔 들고 멍하니 있다가 갑자기 그 시가 떠올랐다. '희망'이라는 말. 참으로 진부한 표현이라 요즘 아이들은 그 뜻을 이해할까 싶기도 한 그 말이 어릴 적 이발소의 추억까지 소환해 가며 짧은 시간 추억에 젖게 한다.

매년 봄은 돌아오지만 우리는 늘 '새봄'이라 부른다.

새로운 봄, 따뜻한 오후에 희망을 안겨 준 이발소가 문득 그립다.

강원도를
품고

다시 겨울이다. 춥지만 눈이 내리지 않는
동네에 살아서 그런지 겨울인 게 잘 실감 나지 않는다. 오늘은
아침에 눈이 내리긴 했다. 하지만 날이 밝음과 동시에 새벽이슬
처럼 하늘로 다시 날아가 버렸는지 전부 사라졌다. 상상이었나
착각이 들 정도다.

카페에 앉아 온통 빨간색 바탕으로 꾸민 메뉴판을 보고 있자
니 곧 크리스마스라는 생각이 들었다. 눈 내리는 크리스마스는
화면에서만 볼 수 있다.

필리핀에 사는 친구는 거대한 성탄 트리 앞에서 찍은 사진을
SNS에 올렸다. 반소매 차림이다. 그곳도 진짜겠지만 그렇게 느

껴지지 않는다.

최근에 이병률 작가와 박준 작가의 여행 산문집을 연이어 몇 권 읽었다. 거기에 강원도 얘기가 나왔다. 갑자기 강원도가 궁금해졌다. 골목마다 눈이 쌓여 있을 것이다. 추운 건 당연하다는 듯 특별히 춥게 느껴지지도 않을 것 같다. 지도 앱을 열어 태백시외버스터미널을 검색하니 네 시간이면 갈 수 있다. 우리나라에서는 네 시간이면 어디든 갈 수 있지만 동남아 어느 나라보다 멀게 여겼던 것 같다. 창밖 풍경을 멍하니 보려면 버스를 타는 게 좋겠다. 일정을 확인한다. 적어도 2박은 해야 하는데 언제쯤 가능할지. 봄은 아직 멀었는데 마음이 바빠진다.

자꾸 떠나는 계획을 세우는 걸 보니 이제 정신을 차린 것 같다. 책에서 발견한 한 문장으로 강원도를 품고, 한 장의 사진으로 또 다른 세상을 짝사랑한다. 지금 현실을 잠시 외면할 수 있다면 어디든 좋을 기세다.

그래도 좋다. 누군가를 설득하지 않아도 된다. 그러기엔 시간이 너무 빠르고 난 이미 간절하다. 큰 꿈을 꾸는 게 아니다. 겨울이니 골목마다 쌓인 질퍽한 눈을 밟고 싶다. 그뿐이다.

해파랑길
위에서

<u>12월 29일</u>

영하의 날씨이긴 하지만 햇살은 따뜻하다. 조금 과하다 싶게 껴입었는데도 그늘진 곳에서 만나는 바람은 날카로운 칼날처럼 피부 속까지 거침이 없이 파고든다.

나흘간의 짧은 여행을 시작했다. 성격상 정해진 코스를 그대로 따라갈 리 없겠지만 조금 돌아다니더라도 여유 있는 일정이다. 바다가 잘 보이는 카페에 자리가 있다면 당연히 거기서 차를 마시고 책을 읽고 노트를 펼 작정이다. 걷기 여행이라고 할까, 산책이라고 할까. 어쨌든 나흘간은 말을 하지 않을 것이다. 전화가 걸려 오지 않는다면.

걷기를 위해 준비하고 역으로 행했다. 여행은 늘 어딘가로 떠나는 것이고, 또한 거기서 여기를 바라보는 것이라 했다. 내가 기대하는 것도 그곳이 아니라 거기서 바라보는 나인지도 모르겠다.

노트와 펜을 챙겼다. 노트북은 가방에 넣었다가 다시 뺐다. 짐은 아무리 가벼울지라도 시선을 짧게 하고 생각을 누른다. 생각의 속도를 펜이 따라가지 못하겠지만 그럴수록 더 깊은 의미를 찾겠다는 듯 천천히 걸어 볼 생각이다. 언제고 수정하고 뗐다 붙였다 할 수 있는 것이 아니니 펜의 속도에 맞춰 생각을 잡아 두려 한다. 천천히 걷다 보면 보이는 것이 있고 천천히 적다 보면 드러나는 진심이 있다. 이번 여행에서 노트와 친해지면 좋겠다.

기차는 곧 포항역에 도착한다. 버스로 갈아타고 한 시간은 더 가야 진짜 바다를 마주하게 된다. 깊고 푸른 바다에 상념을 묻어 보리라 다짐한다.

12월 30일

새벽 1시에 깨어 쉽게 잠들지 못했다. 오래 뒤척이다가 잠을 포기하고 일어났다. 아직 이른 시간이지만 길에서 일출을 만나기 위해 나섰다. 푸르스름한 하늘과 검은 바다 사이의 경계가 모호하다. 파도 소리에 호흡과 보폭을 맞춰 날이 새기를 기다리며 남쪽으로 걷기 시작했다. 공기는 차고 시리다. 큰 숨 한 번에 폐와 가슴, 관절과 골수 깊은 곳까지 정화되는 느낌이다.

새벽 바다는 잔잔하다. 겨울 바다에서 홀로 송년 의식을 올린다. 잊어야 할 것과 추억해야 할 것들이 파도처럼 밀려온다. 바다를 곁눈질하며 걷는다. 날은 차갑고 바람은 때때로 거세다. 아무 생각 없다가 어느 순간이 되면 하고 싶은 일이 마구 떠오른다. 군대 있을 때 휴가 나가면 할 일, 만날 사람, 먹고 싶은 것을 상상하듯.

새벽 시간 생선을 너는 어민이 많아지기 시작한다. 바다 가까운 길을 걷다 보면 차 안에서는 보이지 않는 풍경을 자꾸 만난다.

<u>12월 31일</u>

피곤하지만 자고 일어나면 얼추 회복된다. 사흘이라는 짧은 시간이지만 일주일쯤 지났다면 무의식적으로 걸어질지도 모른다. 잠시 쉬었다가 일어나면 힘들다가도, 조금 지나면 또 걸을 수 있다. 걷기가 점점 즐거워지고 있다.

생물학적 나이로 청춘이던 시절이 있다. 그때 질풍노도의 시기답게 달려 봤어야 했다. 그랬더라면 지금 한결 쉬웠을지도 모른다. 원래부터 마음대로 살았더라면 주변 사람들도 쉽게 수긍했을 것이다. 하지만 줄곧 바른생활에 항상 예측할 수 있는 행동만 했던 것 같다. 그러다가 뒤늦게 중년의 사춘기를 맞았다. 돈벌이나 노후 대비는 자연스레 뒷전이 되었다.

바다는 며칠을 봐도 질리지 않는다. 언제 또 만날 수 있을까 싶은 마음에 벌써 아쉬워진다.

<u>1월 1일</u>

포항 호미곶에서 문무대왕릉까지 걸었다. 사흘 잡고 걷기에 알맞은 거리를 나흘에 걸쳐 천천히 걸었다. 바닥에 새겨진 자전거길과 해파랑길 리본을 따라가니 헤맬 일도 없다. 바다도 파도도 구름도 딱 좋다. 지치면 쉴 만한 곳에 멋진 카페도 즐비하다.

이런저런 걷기에 도전해 익숙해지면 좀 더 멀리 가 볼 생각이다. 울릉도 한 바퀴나 제주 올레길, 동해 해파랑길 완주나 서해 섬마을 투어도 좋겠다.

이어서 생각나는 대로 막 얘기해 보자면, 동경의 야마노테센을 따라 한 바퀴 돌기, 규슈 올레길 완주, 몽골 사막 트레킹, 중국 장가계 일대를 걸어서 둘러보기, 산티아고 순례길 완주, 네

팔 히말라야 트레킹….

'근데 왜 걸으려는 거지?'

골목 투어를 유난히 좋아하는 것도 비슷한 이유다. 골목이 주는 감성은 유명 관광지와는 다른 설렘이 있다. '천천히 걷기'라는 말을 좋아한다. 내가 생각해 낸 문장은 아니다. 일본 규슈의 지방 도시인 '히타'(日田)에서 가져온 말이다. 후쿠오카에서 유후인으로 가는 길 중간에 있는 아담한 도시다. 히타의 모토가 '히타 – 천천히 걷기'다. 작은 교토라고도 불릴 정도로 옛 도시의 거리가 잘 보존되어 있다. 중심부에 있는 마메다 마치 거리를 슬렁슬렁 걷고 있자면 기분이 밝아진다.

다시 새해가 되었고, 새로운 여행을 꿈꾼다. 나는 계속 걸을 것이다. 해파랑길을 완주하는 것도 좋겠지만 며칠간 만난 것만으로도 행복하다. 걷기가 행복한 시절로 나를 떠나게 한다.

상주머리

"아빠, 제발 그 상주머리 좀 어떻게 해 봐.
염색도 좀 하고."

딸아이가 정색하고서 윽박지른다. 이틀 전부터 잔소리를 해
댔지만 별 반응이 없자 화가 난 듯하다. 아내도 거들었다.

나는 아무렇지도 않은데 가족들은 그렇지 않은가 보다. 옆이
푹 파진 머리카락은 열흘만 지나면 없던 일이 될 것이다. 조금
표시 난다고 해도 아무 문제 없다. 다른 사람을 의식해야 할 만
큼 공인도 아니고, 이성의 시선을 감당해야 할 청춘도 아니다.
신경 쓰이는 다른 일이 수두룩하니 그깟 머리카락은 일도 아니
라고 생각한다.

딸아이가 '상주머리'라고 불러 대니 '상주'에 좀 미안한 일이다. 경북 상주에 문상하러 갈 일이 생겼다. 처음 가는 곳이고 혼자 다녀오는 일정이었다. 인사만 하고 돌아오면 되는 자리라 부담 없이 여행한다는 마음으로 일찍 출발했다.

대충 지도를 검색해 시외버스터미널 옆 골목에 차를 대고 걷기 시작했다. 나름 번화한 곳이라 추정되는 곳이었다. 일단 터미널 앞 큰 사거리를 중심으로 거리를 따라 네 방향으로 겹치지 않게 걸었다. 큰길을 접한 곳에는 3~4층 높이의 건물이 줄지어 있었지만, 바로 뒤에는 단층의 오래된 상가나 주택이 있었다. 추운 날씨에 바람까지 불어서 그런지 거리에는 사람이 거의 없고, 가로등에 붙은 상주곶감축제를 알리는 현수막만 경박하게 흔들리고 있었다.

조용한 도시다. 한 골목만 접어들면 시골의 풍경이 드러난다. 이곳 사람들의 일상은 어떨지 궁금했다. 추위를 피할 겸 길가에 있는 미장원으로 들어갔다.

부부로 보이는 두 분이 잔뜩 심심한 얼굴을 하고 맞았다. 깔끔하게 정리만 부탁한다고 말했다. 찬찬히 둘러보니 꽤 오래된 미장원이다. 아주머니가 이발사인가 생각했는데 예상과 다르게 아저씨가 자세를 잡았다. '간단히 정리'만 원했지만, 좌우 밸런스가 맞지 않아 양쪽을 번갈아 쳐올리기 시작했다. 옆에 서 있던 아주머니는 이 상황을 보면서 무슨 생각을 하고 있을지 궁금했다. 의도치 않게 투블럭으로 단이 생긴 머리를 보면서 '아, 장례식장에 가야 하는데 어쩌나' 하는 생각이 스쳤다.

드디어 긴 시간 복잡한 작업이 끝나고 머리를 감는데, 감겨 주는 아주머니 손길 또한 예사롭지 않다. 오래된 가게 인테리어와 사뭇 다른 테크닉에 놀라 아무 말도 하지 못하고 나왔다.

세차게 밀린 양쪽 머리 사이로 찬바람이 집요하게 파고들었지만, 괜찮다. 이 정도 경험과 추억이면 그럭저럭 웃어넘길 만한 일이다.

어설프게 감다 만 머리를 급하게 해결해야 해서 골목을 뒤져 동네 목욕탕을 찾았다. 목욕탕 얘기는 자세히 하지 않겠다. '상주'에 대해 개인적인 추억은 나쁘지 않지만, 혹시 다른 이들이 오해할까 봐(상주시에 미안하기도 하고) 이 정도에서 그치기로 하자.

차가 있는 곳으로 돌아오는 길에 보니 인천국제공항으로 가는 리무진 버스 정류장이 보인다. 반가운 마음이 들었다. 낯선 곳에서 친구를 만난 기분이다. 어느 지역이든 역이나 버스터미널, 공항 같은 곳은 정이 간다.

그렇게 해가 지고 문상을 마치고 무사히 돌아왔다.

상주도 운치 있었고, 몇 사람은 대놓고 웃었지만 머리도 나름 괜찮았다. 짧고 추운 여행이었다.

고산병

히말라야 트레킹을 검색하다가 고산병에 대해 고민하게 되었다. 두통이 심해지고, 구토가 나고, 숨이 막혀 답답한, 하여간 무서운 병이다. 자료를 찾아볼수록 고산병에 대한 두려움이 커져 갔다. 상상을 거듭하다가 급기야 거의 공포의 대상이 되었다. 피하고 싶을수록 결국에는 운명처럼 마주치고 말 것 같은. 이럴 바에는 가지 않는 게 현명하지 않을까 싶은 생각이 들다가도, 내 과장된 상상력을 생각하며 웃고 만다. 피할 수 없는 상황을 만나더라도 분명한 한 가지는 그것도 지나간다는 것이다. 분명하고 확실한 사실이 조금은 위로가 되었다.

인생에서도 고산병을 만날 수 있다. 어쩌면 1,000m 높이에

서 찾아올 수 있고, 4,000m 높이에서도 무사할 수 있다. 히말라야에 살고 있는 셰르파 중에서도 갑자기 찾아온 고산병으로 목숨을 잃는 경우가 드물게 있다고 하니 누구도 장담할 수 없는 것이다. 인생과 어쩜 이리 닮았나 싶은 생각이 든다.

인터넷을 뒤져 휴대용 산소 캔을 찾아냈다. 구세주를 만난 것 같은 안도감이 들었다. 하지만 증상을 조금 호전시켜 주기는 하겠지만 그것을 전적으로 믿을 수는 없다고 적혀 있다. 확실한 처방은 하산이다. 하산만 하면 반나절 만에 언제 그랬냐는 듯 멀쩡해진다고 한다.

살면서 나를 힘들게 하는 일들을 잠깐 생각했다. 선택할 수 있다고 생각지 않았는데 어쩌면 내게 선택권이 있는지도 모르겠다. 지금 하산한다고 인생이 끝나는 것도 아닌데 말이다.

그저 여행을 생각하기만 한 것인데 고산병에 막혀 이렇게 진지해지는 걸 보니 상상이 꽤 구체적이다. 거기다 인생의 문제까지 걸친 걸 보니 어지간히 심심했나 보다. 그나저나 더 나이 들기 전에 히말라야에 한번은 가 봐야겠다.

무계획도
계획이다

오랜만에 해파랑길이다. 호미곶 해맞이 광장을 출발해 도구해수욕장 쪽으로 걸었다. 비가 내리고 바람은 거세다. 웬만한 우산은 견뎌 내기 힘든 바람이다. 편의점에서 산 일회용 우의까지 걸쳤다. 바람을 등지고 떠밀리듯 바닷길을 걷는다. 흩날리던 비는 수시로 또렷한 모양을 하고 비닐 우의 위로 초롱한 소리를 내며 꽂힌다. 바람과 비와 바다. 각자 외로울 텐데 잘 어울린다.

오늘은 노을을 기대할 수 없다. 그래도 좋다. 바다의 주인공이 노을일 수는 없지. 부지런히 굴러다니는 몽돌의 도로록 소리, 시원한 바람 냄새, 갈매기의 신비한 울음까지. 바다에서 만날 수 있는 아름다움은 천지삐까리다.

아치형 조형물 아래 벤치에서 잠시 쉬어 간다. 배낭과 우의를 벗고 푹 젖은 양말까지 옆에 널어 두고는 아직 이른 시간이지만 조금씩 어두워지기 시작한 바다를 무심히 바라본다. 아무도 없다. 혼잡한 관광지에서는 철저히 혼자란 게 외로웠는데, 이곳에선 오히려 감정이 충만해진다. 회색빛 풍경이지만 그 어떤 화려함보다 아름답다.

아침에 일어나 바닷길을 걷겠다고 무작정 나섰다. 우산을 하나 챙기긴 했지만 그것뿐이다. 어디서 멈출지, 어디까지 가야 할지, 오늘 집으로 돌아갈지 확실한 계획은 없다. 흐트러진 생각은 파도의 음률에 맞춰 정리될 것이고, 그러면 내가 계획한 것은 아니지만 순리대로 모든 게 잘 지나가리라 생각했다. 이런 여행에서는 무계획이 오히려 훌륭한 계획이 된다. 걷다 보면 생각이 많아질 것 같지만 의외로 잠잠해진다. 내면 깊은 곳에 쌓여 있던 일상의 찌꺼기를 부지런히 배출하느라 바쁘기만 하다.

'이만하면 됐다' 싶을 때까지 무심히 걷고 싶다.

한때
꿈꾸던 여행

아파트는 도무지 아니다 싶어 조금 떨어진 곳에 집을 지었다. 집들이 온 사람들이 말했다.

"나도 집 짓는 게 꿈이었는데…." 약속이나 한 듯한 표현, 관용어인가?

책을 냈더니 주변에서 그런다.

"나도 한때는 문학 소년이었는데…."

책 한 권 내는 게 꿈이었다는 사람들이 줄 서서 '나도 나도'를 외친다.

배낭여행 다닌 얘기를 했다. 시베리아 횡단 열차를 타고, 몽골의 초원을 걷고, 배 타고 일본을 돌고, 동남아 여기저기를 걸으며 여행한 얘기를 하노라면, "나도 그런 여행을 꿈꾸었노라…" 한숨 섞인 고백을 한다.

앞으로도 계속 뭔가를 할 것이다. 누구와 비교하지 않을 것이고, 조바심을 내지도 않을 것이다. 그저 나답게 여행하며 나대로 찍어 놓은 점을 따라 선을 그어갈 것이다. 피아노나 기타를 잘 다루고 싶고, 깊은 여행을 위해 외국어를 익히고, 체력을 다지고, 그리고 꺼지지 않도록 질문의 불씨를 계속해서 지핀다.

그러다가 상황이 달라지면 또 그대로 여건에 맞게 인생을 여행하면 된다. 지나간 세월이 무수하지만 의미 없이 그저 지난 시간은 없다. 남은 인생이 얼마인지 장담할 수 없기에 차근차근 잘 살아야겠다고 혼잣말을 하게 된다.

가끔은 주변에서 내 마음대로 사는 것을 뾰족한 눈으로 바라보고 비난을 담아 날릴 때도 있다. 그러면 더 신이 난다.

'내가 잘 살고 있구나!'

'내 의지대로 살고 있구나!'

안심이 된다.

아무래도 내 안에는 삐딱한 뭔가가 있나 보다.

낯선 거리   내_게   말을 건다

여름이
온다

30도가 넘었고 햇빛은 쨍하다. 건널목에서 신호를 기다리는 잠깐 사이 땀이 흐른다. 미룰 수 있는 일들을 미루고 일찍 집에 왔다.

오후 내내 여름을 대비해 시간을 보냈다. 선풍기를 꺼내고 신발장도 정리했다. 하는 김에 세차까지 하고 나니 저녁이다. 식사 준비를 하면서 냉장고도 정리해야겠다고 생각했지만, 이건 내 맘대로 할 수 있는 부분이 아니라 일단 참았다.

침대에 있는 두꺼운 이불을 빨았다. 볕이 좋아 금방 마를 것이다. 옷장을 비우고 여름옷으로 바꿔 넣었다. 옷 상자를 꺼내 긴팔 옷을 몽땅 정리해 넣고는 선반 위에 올렸다. 계절에 맞게

옷을 바꾸는 일은 일 년에 두 번 꼬박꼬박 하는 작업이다. 이 일은 아내보다 내가 잘한다. 옷 정리뿐 아니라 여행 가방도 내가 챙기고, 테이블이나 싱크대도 내가 치운다. 군대 경험 때문인지 정리는 잘한다.

지난겨울만 해도 여름이 다시는 오지 않을 것이라 생각했다. 날씨뿐 아니라 사는 게 그렇게 느껴졌다. 그 옛날에는 제대하는 날이 오리라 생각하지 못했고, 재수하는 딸이 대학생이 되는 날도 기적이라 생각했다. 현실만 보고 있자니 그런 날은 도무지 만나지 못하리라 여겼다. 그러다 오십하고도 칠 년이라는 세월을 살아 버렸다.

여름이 왔다. 예상했겠지만 전혀 예상하지 못한 것처럼 놀랍다. 나이는 먹어 가는데 어찌 생각은 점점 아이처럼 조급한지 모르겠다.

오늘만 사는 사람처럼 생각하고 있다.

'여름은 힘든데…' 하며 걱정만 앞선다.

강요할 수 없는
의미

아내는 나와 생각이 같다고 믿었다. 내 의견이나 주장을 늘 묵묵히 따라 주었기에 의심할 이유가 없었다. 결혼하고 25년이 지나 딸아이가 서울로 진학하고 둘만 남은 상황에서 내 말이 씨도 먹히지 않는다는 사실을 이제야 깨달았다. 이제는 내가 하는 여행 방식이나 돈에 대한 철학이나 상황에 대한 판단에 동의를 얻지 못할 뿐 아니라, 내 뜻대로 실행시킬 수도 없다. 그렇다. 경제적 결정권이나 시간적 결정에 대한 권리는 이미 아내가 쥐고 있다. 언제부터인지 정확히는 모르겠지만 돌이킬 수 없는 상황이 되어 버렸다.

외국어 학원에서 일본어 강사를 하던 시절이 있었다. 학생은 많지 않았다. 시험대비반이나 고급회화반도 아니었다. 4개월짜리 기초문법과 회화초급반 등 6개월이면 끝나는 과정이 대부분이었다. 수업 중간에 일본 문화나 생활에 관한 이야기를 부풀려 재미 삼아 풀어내곤 했다. 일본 문화가 개방되지 않았고 인터넷 정보마저 없던 시절이라 내 얘기를 검증할 수 없다는 것은 선생으로서 대단한 행운이 아닐 수 없었다.

왕복 항공권이 50만 원이 넘던 시절이지만(저가 항공이 생기기 전이라) 많은 학생을 일본으로 보냈다. 수업 중에 수시로 일본 연수를 권했고, 아니면 빚을 내서라도 여행을 다녀오라고 강권했다. 청춘이라면 도전해야 한다고 말했다. 기성세대가 당연하다고 생각했던 모든 것을 의심하고 확인하고 뾰족한 시선으로 다시 보라고 부추겼다.

시절이 바뀌고 지금은 오히려 왜 떠나는지, 그럼에도 떠나는 게 어떤 의미인지 되뇌는 시대가 되었다. 깃발을 따라다니는 것만이 패키지여행은 아니다. 지금은 SNS라는 제한된 틀 안에 갇혀 진정한 '자유여행'을 잃어버렸는지도 모른다. 여행의 의미나 떠나야 할 이유마저 다시 돌아봐야 할 시절을 지나고 있다.

그 시절에는 그게 옳았을 것이다. 오래전 만들어 둔 틀을 벗어나기 위해서는 용기와 더불어 두려움과 희생이 수반되던 시절이었다. 떠나지 않고도 행복할 수 있다면 이미 지난 여행의 방식은 끝나지 않았을까.

나는 권유라고 했지만 실상은 강요했던 게 아닌지 돌아본다. 나에게 정답이 있는 것도 아닌데 무슨 권리로 '일단 떠나야 한다'고 설득했는지. 기본적으로 다양한 사람에 대한 존중이 결핍되었던 것이다. 참으로 죄송한 일이다. 이제는 내 인생에 대해서도 자신하지 않는다. 단지 나는 내가 어떻게 살 것인지 고민하고 나대로 결단하려고 애쓸 뿐이다.

이제 아내에게 어떠한 것도 강요하지 않는다. 묵묵히 따라 주던 과거의 아내가 아닐뿐더러 그렇게 내 뜻대로 하던 것들이 옳지 않았다는 걸 알게 되었기 때문이다. 나이가 드니 조금 지혜로워진 것 같아서 다행이다(얻어맞기 전에 깨달은 게 얼마나 감사한지 모른다).

낯선 거리 내_게 말을 건다

다음
계절에는

꽃샘추위라고 해서 두툼한 외투를 다시 입었는데 돌아서니 덥다. 겨울옷 일부는 세탁소로, 일부는 폐기하는 쪽으로, 그리고 남은 것은 의리로 버리지 않기로 한다. 한 번도 입지 않은 겨울옷을 어찌할까 고민하다가 문득 창밖 바라보니 이미 봄이다.

한 계절이 끝나버렸다는 사실. 옷장을 정리하다가 우연처럼 알게 되었다.

'아….'

'또 지나가는구나.'

'이렇게 시절이 지나듯 세월이 지나고 청춘이 지나가는구나.'

'화려한 노을처럼 이리 급하게….'

이번에 못 입은 옷은 다음 계절에 꺼내 입으면 된다. 필시 다음에도 입지 않고 또 버리기 아까워 고민하겠지만, 그래도 된다. 그러다가 문득 이 청춘의 다음은 어떨까 생각한다. 미루던 꿈은 계속 미뤄지다가 폐기되고 한낱 꿈이었던 시절의 하소연으로 남게 될지도 모른다.

지금 다음을 위한 나아감이 없으면 다음은 당연히 없다. 60세 이후에 하고 싶은 걸 하려면 그날을 위한 재료를 오늘 다듬어야 한다. 아무것도 하지 않아도 저절로 되어 있을 거라는 착각을 믿다가는 나에게 배신당하는 인생이 되고 말 것이다.

점점 비좁아지는 옷장을 바라보고 있자니 생각이 복잡해진다. 정답을 알지만, 답을 안다고 문제가 해결되지는 않는다. 그렇게 우리의 옷장은 비울 수 없게 되고 우리의 꿈은 혼잡함에 길을 잃는다.

옷을 정리하다가 겨울 외투 주머니에서 오만 원짜리 지폐라도 한 장 나오면 좋겠다는 생각을 했다.

내 옷 말고 아내 옷에서. 그러면 쓸쓸한 마음이 조금은 위로가 되지 않을까 싶다.

봄비 그친
따스한 오후

선배가 암에 걸렸다는 소식을 들었다. 며칠이 지났는데도 가슴에 막힌 답답함이 내려가질 않는다. 전화할 용기가 나질 않아 톡을 보냈다. 몇 마디 문자로 주고받는데 전화가 왔다.

걱정할까 봐 목소리 들려준다고.

괜찮으니 염려 말라고.

항암 기간이 6개월로 예정되어 있단다. 두려운 항암 치료가 기다려진다고도 한다. 내 피부암 얘기를 했더니 힘내라고, 그러고는 암 동지라며 웃는다.

이 시간도 지나가겠지. 무척 길게 느껴지겠지만 지나고 나면 또 지났구나 생각하겠지. 몸에 난 수술의 흔적처럼 잊을 수 없는 과정이 깊이 새겨지겠지만, 그것이 더는 아픔으로 추억되지 않기를 기도한다.

선배는 통화 중에 눈물을 흘렸지만 절망의 눈물은 아니다. 감정을 억누르려고도 하지 않았고 밝은 척도 하지 않았다. 비록 암이라고 하지만 암 축에도 끼기 어려운 나의 피부암이 초라한 위로가 되었다. 그래도 이렇게나마 슬쩍 위로할 수 있으니 피부암이란 것에 고마운 마음마저 들었다.

대학 시절 오토바이 사고가 난 적이 있다. 한쪽 다리에 깁스를 하고, 다른 한쪽은 붕대를 감고, 한쪽 팔에 링거를 꽂았다. 사고가 난 날은 3학년 2학기 기말고사를 치기 전날 밤이었다. 병문안 온 친구가 말했다.

"다른 사람 병문안 가면 위로해 줄 말이 많아지겠네."

감사하지 않을 일이 없다. 보이지 않던 희미한 것들이 지나고 돌아보니 선명해졌다. '모든 것이 합력하여 선을 이룬다'고 하지 않았던가. 이해되지 않는 일을 만나면 좌절하기에 앞서 둘러보기를 권한다. 이 일이 얼마나 놀라운 일로 연결될 것인지 기대해 보는 거다.

전화를 끊고 마음이 따뜻해졌다. 선배의 차분하고 담담한, 그러면서도 강하고 배려 깊은 목소리에 깊은 위로를 받았다.

비가 그치고 따뜻한 봄날에 감사의 눈물 한 방울 찔끔 흘려본다.

낯선 거리 내_게 말을 건다

독고다이
인생

원래는 일본 말이다. 특공대(特攻隊)를 일본어로 '독고다이'라고 읽는다. 국어사전에는 '스스로 결정하여 홀로 일을 처리하거나 그런 사람을 속되게 이르는 말'이라고 나온다.

얼마 전에 누군가가 물었다.

"혹시 독고다이…신가요?"

"그럴 리가요. 아닙니다"라고 했지만 생각해 보니 그런 것 같다. 혼자 놀기 좋아하고 단체 속에서도 멀찍이 떨어져 생각이 많다. 규율이나 제도를 싫어하고 자유로운 영혼인 척 폼 잡고 다닌다. 꼭 해야 한다고 하면 왠지 하기 싫어지고, 이 길뿐이라고 하면 다른 길은 없을까 기웃거리며 산다.

얼핏 생각하면 나름 철학적이고 멋있게 보일지 모른다. 하지만 나는 알고 있다. 내가 하고 싶은 대로 하는 것처럼, 자유로운 영혼처럼 보이지만 사실은 게을러서 그렇다. 한 군데 오래 집중하지 못하고, 규칙을 잘 지킬 만큼 성실하지 못하다. 고비를 만나면 금방 딴생각을 하고, 관계가 불편해질 것이 두려워 아예 차단하기도 한다. 쿨한 척해야겠기에 거절도 못 하고 화도 못 낸다. 사실은 찌질한데 남들은 좋게 봐 준다. 그러니 또 티를 못 내고 안 그런 척하는 일이 반복된다.

이러다가 진짜 독고다이(혼자 고독하게 쓸쓸히 죽어 가는) 할 것 같다.

두루마리 휴지를
모으며

어머니가 요양원에서 지내신 지 수년이 지났다. 장이 꼬여 큰 수술을 하고 병원에서 퇴원한 뒤 요양원으로 들어가셨다.

96세가 되셨지만 지팡이를 짚고 걸어 다니고 식사도 잘하신다. 하지만 치매 증상은 어쩔 수 없다. 한 달에 두 번 이상 면회를 가지만 갈 때마다 얘기하신다.

"저녁에 집에서 보면 되지 뭐 하러 왔노", "지금 같이 집에 갈까?" 하신다.

"바로 일하러 가야 해요. 저녁에 봬요" 하면 알았다고 하시며 바쁠 테니 얼른 가라고 자꾸 떠미신다.

어머니는 두루마리 휴지를 모으는 게 취미다. 6칸씩 잘라 곱게 접어 두신다. 주머니마다 몇 뭉치씩 넣어 두고 또 검정 비닐봉지에 따로 모아 침대 밑에 귀하게 모셔 둔다.

가끔 면회 때 모아 둔 비닐봉지를 갖고 내려오신다. 여기 두면 누가 가져갈지 모르니 집에 가져다 두라고 맡기신다. 주머니에 넣어 두었던 휴지를 하나씩 꺼내 주시기도 한다. 마치 예전에 이불 밑에서 지폐를 꺼내 주듯 그런 마음이다. 환하게 웃으시면서 귀한 걸 줄 수 있어 행복해하시는 표정이다.

어머니에게 휴지는 어려웠던 시절에 참으로 귀한 것이었다. 내가 대학 다닐 때만 해도 마당에 있던 화장실에는 휴지가 있을 자리에 신문지가 있었다. 간혹 선반 위에 갑 티슈가 있긴 했지만 어디까지나 장식품이었다. 뽑아 쓰는 경우는 드물었다. 두루마리 휴지만 하더라도 접어서 몇 번을 재활용해 써야 했던 시절이었다.

어머니 앞에서는 휴지를 하찮은 것으로 취급할 수 없다. 면회하는 동안 받은 휴지를 테이블에 곱게 올려 두었다가 주머니에 넣어 가지고 나온다. 고객의 명함을 받았을 때 하는 행동처럼. 그리 생각하시니 그리 생각해 드리는 것이 마땅하다.

나에게 '휴지'는 무엇일까 생각했다. 휴지와 더불어 우리 인생에는 필요한 것이 많다.

돈, 건강, 권력, 인정, 관계 등.

대개 수단적 가치를 지닌 것들이다.

나의 집착은 어디를 향하고 있을까. '돈' 얘기에는 관심 없는 것처럼 세련되게 행동하지만, 돈만 한 관심사가 또 없다. 고상한 척할수록 표출되지 못한 내적 욕망은 더 지독한 냄새를 숨긴다. 화장실에 갈 때마다 휴지를 한 묶음 쟁여오는 것처럼, 목적을 잃은 열심은 그 존재 가치를 왜곡시킨다.

수단적 가치가 본질이라도 되는 듯 의심 없이 돈을 모으고 목표를 정하고 무작정 달리고 있다. 가끔 찾아오는 허무는 어디에서 비롯된 것인지 알지 못한다. 높이 오를수록 추락의 골이 깊다. 틈이 느껴지지 않게 더 뾰족하고 집요해야 한다고 생각했다.

'깊은 사색은 실패의 정당성을 위한 변명만 만들 뿐'이라고 생각했다.

본질적 가치는 어디에 있는가. 어디에 있다고 생각해야 할까. 여러 책이 얘기하고 성인들이 주장하지만 깨달음은 잠시뿐이다. 나는 다시 나로 돌아와 나대로 살고 있다. 어머니는 아무리 말려도 휴지 모으기를 멈출 생각이 없으시다. 그것이 잘못이 아니듯, 나 역시 나대로의 삶을 사는 것이 잘못일 리 없다. 어머니

는 그 행위에 대해 어떠한 의심도 하지 않으신다. 하지만 나는 매번 고민 속에서 자각한다. 본질을 꿈꿀수록 위선의 타래 속에서 길을 잃는다.

일곱 살
인생

치매가 있는 어머니는 했던 말을 반복한다. 앉은 자리에서 같은 질문을 여러 번 하고, 옛날에 있었던 일을 말하다가 웃고 얘기하고 또 웃기를 숱하게 반복한다. 가족 한 명 한 명에 대해서도 기억나는 대로 얘기하는데, 매번 똑같은 전개다.

대표적으로 욕을 먹는 대상은 큰형이다. 큰형이 어릴 적부터 애 먹였던 얘기를 할 때면 아직도 분이 가시지 않는다는 듯 미간을 잔뜩 찡그리며 소리를 높이신다. 다음은 큰누나다. 맨날 화장이나 하고 돌아다녔다는 얘기며, 집안일은 전혀 도와주지 않고 심지어 심한 욕을 그렇게 잘했다고 한다. 작은형에 대해서는

낯선 거리   내_게   말을 건다

말 잘 듣고 착했다고만 했다. 그래서 나중에 늙으면 작은형하고 살아야겠다 생각했다고도 한다. 작은누나는 성격이 아버지 닮았다고 한다. 말투며 행동도 실감 나게 흉내 낸다.

아버지에 대해서는 한결같다. "너거 아부지는 그때 잘 죽었다. 아직 살아 있었으면 얼마나 심심할 뻔했노."

가족에 관한 얘기는 이게 전부다.

이 내용을 번갈아 수시로 하는 게 어머니 일이다.

그러던 어느 날은 작은형에 대해 뜬금없이 이렇게 얘기했다.

"참 불쌍하다. 일곱 살에 엄마가 죽었으니 얼마나 불쌍하노."

먼 곳을 응시하며 세월 너머를 바라보는 눈빛으로, 차분하게 한숨을 섞어 혼잣말하듯 하셨다. 방심한 틈을 찌르듯 문득 생각난 듯한 표정으로. 어머니 과거 속에 얼마나 깊이 묻어 둔 얘기였는지는 모르지만, 한 번 꺼낸 후로는 다시 꺼내지 않으셨다.

시골에 있는 조그만 땅을 정리하기 위해 동사무소에서 서류를 떼 보고서야 자세히 알았다. 엄마가 죽고 3개월 후에 새엄마가 들어왔다. 그리고 얼마 지나지 않아 내가 태어났다.

큰누나가 밖으로 돌아다니고 욕을 한 것도 이해가 되고, 큰형의 반항도 충분히 이해되었다. 그렇게라도 분출할 수 있었던 형과 누나와 달리, 작은형은 일곱 살 어린 나이에 얼마나 마음이

불안했을까 생각하니 가슴이 먹먹해졌다. 그 후 작은형을 볼 때마다 어린 일곱 살 아이의 표정이 가끔 보인다.

우리는 저마다의 인생을 여행하고 있다. 눈부신 아름다운 석양은 어찌 이리도 빨리 지는지, 사랑은 왜 늘 저만치에 멈추어 있는지, 시련은 언제 어떻게 닥쳐오는지 우리는 이해하지 못한다. 천천히 흐르는 시절이었는데 벌써 이만치 오늘에 와 있다. 매일매일의 여행 속에서 행복은 작은 점처럼 보일지라도, 그 점들이 이어져 인생의 기쁨으로 그려지고 완성된다.

형제들은 이미 할아버지와 할머니가 되었다. 경주 산소에 가면 아버지 무덤 곁에 있는 친엄마 무덤을 보며 무슨 생각을 할까. 50년이 넘었으니 감정이 남아 있을까마는 그때 그 시절, 세상 무너지는 슬픔의 기억은 잊을 수 없지 않을까.

살다 보면 이해되지 않는 일이 많다. 그럴 때마다 응어리가 생기고, 한이 되고, 옹이가 박힌다면 너무 힘들지 않을까. 그렇다고 그러려니 생각하며 모든 걸 무작정 이해할 수만은 없을 것이다. 그래서도 안 될 일이다. 힘들더라도 차근차근 곱씹으며 세월을 인정하며 살아내자.

인생의 의문을 조금씩 인정하는 걸 보니 나도 나이가 드나보다.

돌아가실
때

20년 전은 배낭여행이 지금처럼 활발하지 않았던 시절이다. 당시에도 방학 때 여행을 떠나기 위해 아르바이트로 돈을 모으는 학생이 꽤 있었다. 하지만 실제로 여행을 떠나는 친구는 소수에 불과했다. 목표한 돈은 모였지만, 돈이 모일수록 결심이 흔들렸기 때문이다. 요즘처럼 누구나 쉽게 여행하던 시절이 아니었다. 돈은 모였지만 목적을 잃어버리는 현실은 그 시절, 그들에게만 있는 것이 아니다.

행복을 위해서라며 온갖 노력을 기울이지만, 그러한 노력이 방향을 잃으면 본질을 잊어버리게 된다. 본질적 행복을 오히려 거부하는 결과가 생긴다. 여행자의 본분은 어디 가고 마치 영원히 살려고 가는 듯 어마어마한 가방을 준비하는 것처럼 말이다. 가치 있는 곳에 돈과 시간을 쓰려면 세상의 가치를 먼저 알아야 하는데, 우리의 관심이 오로지 돈에만 있다면 진정한 가치를 어떻게 분별할 수 있을까.

여행은 우리 삶의 가치를 어디에 둘 것인지에 대한 태도를 확정시켜 준다. 눈에 보이는 의미를 넘어 원래 꿈꾸던 가치를 잊지 않게 비춰 준다. 여행을 통해 인생의 방향을 수시로 점검한다. 여행이 끝나고 다시 제자리에 돌아온 후에야 여정의 의미를 발견할지라도 떠나지 않는다면 기회를 얻을 수 없다.

몽테뉴가 말했다.

"목적지가 없는 사공에게는 어떤 바람도 순풍이 아니다."

다시 예전으로 돌아가기에는 늦었다. 아무 생각 없이 살던 대로 살면 편할 텐데, 라면으로 한 끼 때우듯 그렇게. 여행은 호기심을 안겨 주었다. 여행처럼 인생을 살아야겠다. 어차피 세월이 흐르면 '돌아가실' 때가 반드시 온다. 돌아갈 때는 뭔가 의미를 남겨야 하지 않을까. 그저 잘 보고 잘 먹고 돈만 쓰는 여행은 옳지 않다고 생각한다. 나이가 드니 매년 새롭게 인생을 시작하는 기분이다. 속도가 빨라지고 마음이 급해지니 더 절실하고 애처로워진다.

학교 다닐 때 수학 선생님이 재밌는 얘길 해 주겠다고 하고는 '재밌는 수학' 얘기를 했던 게 기억난다. 본인은 그렇게 재밌을 수 없다는 표정이었다. 그 선생님은 좋아하는 걸 하고 있었다. 가르치는 일 말고도 잡무가 엄청나겠지만 그것을 모두 하찮게 만드는 의미가 있었나 보다.

책을 쓰겠다고 생각하고, 내가 원하는 대로 나이 들어 가겠다고 생각했다. 거기에 인생을 여행처럼 살겠다는 생각을 더했다. 신나는 인생을 살고 싶고, 신나는 여행가가 되고 싶다. 마지막 '돌아가실' 때는 흔적을 남겨야겠다. 조금이라도 세상이, 주변이 내 여행으로 인해 나아지면 좋겠다.

저마다의
여정

아내와 딸이 호주로 패키지여행을 떠났다. 나는 가족이 없는 동안 주말을 끼워 방콕으로 슬며시 날아왔다. 패키지를 좋아하지 않거니와 긴 시간 휴가를 내는 것도 어려웠다(셋이 가려면 돈이 많이 든다는 점도 큰 이유다). 원래는 아내가 없는 동안 집 정리나 열심히 할 생각이었다. 그러다가 일주일 전에 급하게 일정을 잡았다. 가야겠다고 마음을 정하니 모든 상황이 그렇게 흘러갔다.

방콕도 대구만큼이나 더웠다. 딸이 틈틈이 보내오는 호주의 시원한 하늘을 보고 있자니 호주든 방콕이든 함께 있으면 좋겠다는 생각이 들었다.

아내는 잘 짜인 여행을 좋아한다. 당연히 호텔에서 자야 하고, 제대로 된 식당에서 식사해야 한다. 살아가는 방식도 여행만큼 분명하고 다르다. 나는 타야 할 열차를 놓치면 다음 열차를 타면 되고, 아니면 다른 수단이나 방법을 찾거나, 그것도 아니면 이 참에 한동안 더 머물 수도 있다. 너무 악착같이 살지 않아도 어떻게든 살게 된다는 이런 사고를 아내는 이해하지 못한다. 타고난 성격도 있지만 책임감이 강한 탓이기도 하다. 나와 살면서 여러 면에서 아내의 책임감은 더 단단해졌다. 그러다 보니 오히려 나는 더 느긋해진 듯하다. 그렇다고 두려움이 없는 것은 아니다. 건강에 대한, 외로움에 대한, 무엇보다 충분하지 않은 노후 자금에 대한 두려움이 늘 있다. 여행 중에도 이곳 사람들은 뭘 해서 먹고사나 궁금하고, 안정적인 수입에 대한 기대와 자유로운 삶에 대한 욕망이 순간순간의 판단을 힘들게 한다.

나는 글을 통해 성장 일기를 쓰고 있다. 기록하지 않는 일상은 키를 잃어버린 배처럼 위험하다. 폴 발레리의 명언처럼 생각대로 살지 않으면 사는 대로 생각하게 된다. 아내는 잘 짜인 일정대로 예외 없이 잘 여행하고 있다. 나 또한 방콕의 여러 골목을 즉흥적으로 잘 누비고 있다. 우리는 모두 적당한 기대와 희망과 두려움을 품고 저마다의 여정을 이어 간다.

낯선 거리 내_게 말을 건다

낯선 거리 내_게 말을 건다

딸의
여행 가방

스물두 살, 참 불확실한 나이다. 세상을 다 얻을 수 있을 것 같지만 아무것도 가진 게 없다. 아무것도 예측할 수 없다.

딸은 여행을 자주 한다. 아르바이트해서 돈이 모이면 고민 없이 떠난다. 부모에게 손을 벌리지 않는 것만으로도 천만다행이다. 집을 떠나 보면 궁금한 게 많고 유혹도 많다. 아직 준비되지 않은 여행자로서 무수히 많은 호객꾼을 마다하고 자신의 여정을 잘 시작할 수 있을까. 스스로 선택하고 판단하고 의심 없이 나아갈 수 있을까.

여행 가방 싸는 걸 보면 이해하기가 어렵다. 하다 하다 고데기까지 챙길 기세다. 머무는 날수보다 더 많은 옷을 꾸역꾸역 밀어 넣는다. 저 정도면 스타일리스트가 필요하지 않을까 싶다. 저 중에 절반은 가방 밖에 나오지도 못할 것이다.

배낭은 가벼워야 한다. 혹시나 해서 넣은 손톱깎이 세트, 여분의 노트 한 권 정도는 괜찮다. 당장은 말이다. 몇 시간 메고 다니다 보면 이것도 은근히 부담되기 시작한다. 그러다 온종일 메고 다니면, 며칠을 다니다 보면 쓰레기통에 던져 버리고 싶은 것으로 배낭이 가득하다는 걸 깨닫게 된다. 그러면서도 여행지에서 또 잔뜩 뭔가를 사서 비좁은 가방을 또 벌린다. 마치 여행이라면 응당 그래야 하는 것처럼 말이다.

딸의 배낭뿐 아니라 내 인생의 배낭에도 근본 없는 근심 걱정 탓에 쓸데없이 채우고 있는 것들이 있다. 처음엔 눈치채지 못했지만 계속 지고 다니면서 여행을 방해하고 있다. 믿음이 부족한 까닭이다. 배낭을 열어 혹시나 하는 마음에 넣어 두었던 물건을 빼고, 닥치지 않은 시간에 대한 두려움을 빼고, 그 대신 가 보지 않은 길에 대한 순수한 호기심을 어지간히 채우고 싶다.

딸이 가볍게 인생을 여행하면 좋겠다. 본질을 잊지 않고 거추장스러운 짐을 내려놓는 것을 두려워하지 말고, 당당하게 불확실함 속으로 성큼 걸어가길 바란다.

행복하고도
슬픈 영화

딸아이가 방학이 되어 집에 와 있다. 차분하던 집이 시끄러워졌다. 아이는 밤이 늦도록 자지 않고, 아침에는 깨워도 일어나지 않는다. 뭐라도 먹이려고 냉장고를 채워 두었지만 정수기에서 냉수만 마시고는 급하게 나간다. 문자를 보내도 빨리 답도 안 하고, 어디서 뭘 하고 다니는지 도통 짐작이 가질 않는다. 신발장에 있던 신발은 죄다 나와 굴러다니고, 수건이며 옷은 여기저기 널브러져 있다. 얘기 좀 하자고 진지한 표정으로 와서는 용돈을 올려야겠다고 당당하게 선언한다. 방학은 언제 끝나는지 문득 궁금해진다.

어수선한 와중에 자꾸 웃음이 난다. 아침에 방문을 슥 열어 침대에 엎어져 있는 모습만 봐도 행복해진다. 잔뜩 차려입고 숙녀처럼 다니지만, 집에서는 여전히 아이다. 하나하나 돌봐 주고 싶지만 아쉽게도 이제는 그럴 나이가 아니다.

겨울방학 때는 계절 학기를 듣는단다. 점점 집에 오는 시간이 줄어들겠지.

그러다가

졸업하고, 취직하고, 어떤 덜떨어진 놈을 만나(어떤 놈을 데려와도 그렇게 보이겠지만) 결혼할 거라고 하겠지. 그러고 나면 명절에나 한 번씩 볼 수 있겠네. 자꾸 상상하다 보니 슬퍼진다.

아침에 아이 방문을 열어 보며 행복하고도 슬픈 영화를 보는 듯 묘한 감정에 빠져든다.

따뜻한
남쪽 나라

한겨울보다는 오히려 지금 같은 늦겨울
이 더 춥다. 봄이 왔다고 하는데, 아침 출근길 주머니 속은 아직
차갑다. 서늘한 감촉이 봄을 거부하고 있다. 한낮은 더울지 몰
라도 당장은 패딩 조끼가 반갑다.

오늘 유독 따뜻한 나라에서 살고 싶은 마음이 간절해진다. 베
트남이나 캄보디아, 라오스도 좋다. 동남아라면 어디든. 나무 그
늘 밑 벤치에 앉아 살랑거리는 나뭇가지를 올려다보는 상상을
한다. 손바닥으로 해를 가려 보고, 나뭇잎 사이로 삐쭉 나온 쨍
한 햇살도 느껴 본다. 일상인 것처럼 평화롭게, 그렇게 따뜻한
나라에서 살아 보고 싶다.

돌아서면 여름일 것이고, 지난해 입었던 티셔츠는 이미 잠옷이 되어 버렸을지도 모른다. 반소매 티셔츠와 반바지 두어 장이면 족한 곳이면 좋겠다. 소나기만 잘 피한다면 그걸로 충분하다. 지겹도록 같은 옷만 입고 돌아다닐 작정이다. 모자나 선글라스가 없어도 좋고, 시계나 여행 가방이 없어도 좋다. 늘 앉던 자리에서 거리를 바라보며, 읽지 않을 책과 울리지 않는 휴대폰을 테이블에 던져두고 정신이 번쩍 드는 달콤한 커피를 마시고 싶다.

상상은 시간이 지날수록 구체화되고 섬세해진다. 구글 지도를 열어 뒤적이다가 급기야 여행 사이트를 열어 한 달 살기에 적합한 도시를 알아본다. 어디까지가 꿈인지 현실인지 잊고 푹 빠진다. 기분 좋은 상상이 한여름 구름처럼 몽실거린다.

본격적으로 더워지면 하얀 눈을 그리워하게 될는지 모르겠다. 어쩌면 그럴지도 모르지만 어쨌든 오늘 아침은 유독 동남아가 그립다. 따뜻한 남쪽 나라가.

종교
생활자

　　　　돈과 권력과 사회의 일반적 가치를 사랑
하지만, 나의 종교는 기독교다. 하지만 일제 강점기에 목숨을 내
놓고 오직 예수만 따르던 그들과는 다르다. '나가사키의 여행자
들'이 품었던 생애 목적과 다르고, 의미 없는 결말처럼 보이던
선교사들의 신앙과도 전혀 다르다. 나는 부자로 살고 싶고, 건
강하게 살기를 원한다. 가끔 예상치 못한 어려움을 만나면 하나
님을 찾는다. 해결해야 할 문제가 있을 때 필요한 게 신이니까.
복채를 내듯 헌금을 내고, 기도라는 도구로 필요한 주문을 한다.
내 마음이 평안해지고 또 상황이 안정되기를 바라며 선택한 종
교가 바로 기독교다.

이렇게 얘기하면 내면에서는 강력하게 '그렇지 않다!'라고 할 것이다. 아니라고 말은 할 수 있다. 하지만 현실을 보면 그렇게 살고 있다. 삶을 보면 부인하기 어렵다. '열매를 보면 나무를 안다'라는 말이 있다. 문제는, 이렇게 살아도 되나 싶은 생각이 문득문득 가슴을 찌르는 데 있다. 양심에 화인(火印) 맞은 자처럼 흔들림 없이 살면 편할 텐데, 어정쩡하게 양다리를 걸쳤다는 게 문제다.

'나에게 기독교는 그저 사상일 뿐인가?'

'나의 진짜 종교는 무엇인가?'

대학 시절 기독교 동아리에서 활동했으며 성경 공부를 학과 공부보다 더 열심히 했다. 방학 때마다 수련회를 서너 군데 이상 다녔고, 교사며 찬양대며 온갖 활동에 앞장섰다. 그래서 결국 머리만 굵어졌다. 늘 판단만 한다. 내 생각은 옳고 의심의 여지가 없다고 스스로 정리한다. 겸손한 자세로 웃으며 고개를 숙이지만, 이 역시 자만에서 비롯된 가식일 뿐이다.

종교나 삶이나 매한가지다. 의미 있는 삶을 추구한다고 하지만 결국 종교 얘기처럼 이상과 현실의 괴리 앞에서 그럴듯한 명분을 찾지 못하고 있다. '기독교의 의미와 삶의 가치, 그리고 부자가 되고 싶다는 뻔한 목표를 넘어 어떻게 살 것인가?' 하는 질문이 떠나지 않는다. 인생을 여행하는 내내 그림자처럼 달라붙어 부정할수록 더 바짝 붙어 나를 괴롭힌다.

내가 하는 여행도 그렇고, 이상과 현실이 일치하는 게 하나도 없다. 계기가 필요하다고 생각하지만 웬만한 충격으로 바뀔까 싶다. 등나무 공예를 하듯 열을 가하고 진득하게 누르고 오랜 시간 천천히 변형을 일으켜야 한다. 내 삶에 지속적인 신의 간섭이 개입되어야 한다. 나 스스로는 쉽지 않다. 그렇다고 이렇게 살던 대로 살기도 싫다. 이 문제에서 늘 길을 잃어버린다.

*나가사키의 여행자들: 1867년 일본 나가사키의 우라카미(浦上) 마을에 숨어 있던 키리스탄(크리스천) 주민 68명이 체포되었다. 배교(背敎)를 거부했던 이들은 혹독한 고문을 받고 22개 지역으로 이송되었다. 나가사키의 키리스탄은 이 유배를 스스로 '여행'(다비, 旅)이라고 불렀다.

낯선 거리 내_게 말을 건다

모든 순간이
여행이었다

일주일만 한곳에 머물러도 그곳의 풍경에 익숙해진다. 숙소의 문손잡이나 창밖의 모습이나 욕실 수전의 모양 같은 것이 그렇다. 아침마다 커피를 마시던 동네 가게도 그렇고. 차 한 잔 놓고 편안하게 책을 읽을 만큼 새로운 곳의 풍경은 짧은 시간에 그렇게 익숙해진다.

출국장 면세구역에서 창밖으로 입국하는 무리를 지켜보고 있었는데, 돌아서면 금세 나도 그길로 들어서고 있다. 제법 긴 일정이라도 찰나처럼 어느새 그곳에 서 있게 된다.

작년 10월의 분주했던 일이 문득 떠오르며 벌써 1년이 지났다는 생각에 흠칫 놀랐다. 벌써 1년이라니.

뜨거운 여름의 일상에서 도무지 헤어날 수 없을 줄 알았는데, 이미 얇은 외투까지 입고 이렇게 나와 있다. 그렇게 긴 하루하루가 모여 인생으로 스쳐 지난다.

여행의 시작을 어떻게 해야 할지, 여행의 끝을 어떻게 하면 좋을지 늘 생각한다. 구체적인 일정을 짜는 편은 아니지만 최소한 방향은 고민한다.

어떻게 살 것인지 어떻게 죽을 것인지에 관해서도 마찬가지다. 아무 생각 없이 열심히 살다 보면 내가 원하는 것과는 다른 방향으로 열심히 가 버릴지도 모를 일이다. 여행은 다시 떠날 수 있지만, 시절은 다시 오지 않는다. 그쪽도 멋지겠지만, 그것이 '내가 원하는' 쪽이냐 하는 것과는 다른 문제다. 결과는 상관없는 일이다.

오십이 넘어서면서 인생의 후반부를 어떻게 살아야 할지 고민하기 시작했는데, 5~6년이 지나도 여전히 고민하는 그 자리에서 서성이고 있다. 생각은 수시로 바뀌고, 깊이 사유할수록 현실과의 괴리 속에서 갈등만 깊어 간다. 포기할 수 있는 것과 그러면 안 되는 것의 분별은 자주 희미해지고, 시간이 지날수록 고집만 늘어 간다. '그래서, 어떻게 살 것인가?'라는 질문 앞에 늘 처음처럼 서 있게 된다.

"이런 날이 오리라고는 상상도 못 했다." 친구 어머니의 장례식에서 그 친구가 한 말을 들으면서 우리는 정말 상상과 현실의 구분에 서툴다는 생각이 들었다. 요양병원에 모셨으니 충분히 '그날'을 생각했을 텐데, 그 준비와는 별개로 현실의 '그날'은 인정하지 않고 살아간다.

여행하다가 돌아갈 날이 되면 짐을 정리한다. 어떻게 여행했는지 그 짧은 시간에 돌아보게 된다. 꺼내지 못한 짐도 있고 충동적으로 구매한 기념품도 있다. 그러면서 또다시 여행을 준비한다.

여행 중에든 돌아와서든 짧은 여행이 끝없이 이어지지만, 지나고 보면 한 줄로 정리되는 인생을 우리는 살고 있다. 생각보다 인생이 길지 않다는 것을 세월 끝에 가서야 깨닫게 될지도 모른다. 삶의 의미나 정답은 인생마다 다를 것이다. 분명한 것은 나만의 방식으로 나만의 인생을 여행해야 한다는 것이다.

여행 중에는 날마다 멋진 풍광을 기대하지만, 현실은 그렇지 않다. 오르막이 있고, 깜깜한 터널이 있고, 악천후를 만나기도 한다. 그것이 장맛비처럼 끈질기게 이어지면 일순간 포기하고픈 마음이 들 때도 있다. 하지만 지나고 나면 또 가장 기억에 남는 소중한 시절이 된다.

그것은 내 여행의 일부다. 나는 이러한 여행을 사랑한다. 나는 이러한 날들을 사랑한다. 힘든 오르막 끝에서 멀리 앞길이 열리고, 어두운 터널을 지나면 또 새로운 세상을 만난다. 구름 사이로 비치는 쨍한 햇살에 눈이 부시기도 하다. 하지만 설사 그렇지 않더라도, 스스로 선택한 여행에서 만나는 숱한 일은 이리저리 연결되어 결국 나다운 여정을 완성해 주리라 믿는다.

대단한 사상을 얘기하는 것이 아니다. 평범한 일상이 여행이고, 여행이 이어져 결국 나다운 삶이 완성된다는 것이다.

"사람은 누구든지 자신의 삶을 자기 방식대로 살아가는 것이 바람직하다. 그 방식이 최선이어서가 아니라, 자기 방식대로 사는 길이기 때문에 바람직한 것이다."

- 존 스튜어트 밀

나는 어떤 여행을
하고 있나

틈날 때마다 인터넷으로 여행지를 뒤적이고 여행 작가들의 책을 골라 읽는다. TV에서 여행 관련 프로그램이 나오면 몇 번을 봤든 간에 다시 목을 길게 빼고 들여다본다. 그러면서도 정작 나는 어떤 여행을 그리워하는지 알지 못했다. 대자연의 경이로움에 감탄하는가 하면, 빌딩 숲 한가운데서 펼쳐지는 사람들의 일상 속에서 홀로 여행자가 되기를 즐기기도 한다. 안락한 호텔방도 좋지만 현지인과 함께 호흡할 수 있는 민박집을 고집하기도 한다.

따사로운 오후의 햇살을 등지고 느린 걸음으로 산책하는 아저씨가 되기도 하고, 다들 출퇴근에 정신이 팔린 도심 한가운데서 어색한 복장과 배낭으로 마치 도심을 모험하는 듯한 착각에 빠지기도 한다. 그들의 일상을 만나고 싶었고 그곳에서 그들과 이웃이 되려고 했다.

그렇게 주제도 없이 마구잡이 여행을 다니다가 어느 순간 비로소 내가 진짜 좋아하는 여행을 꿈꾸게 되었다. 사람들의 시선에 얽매이지 않고 내가 좋아하는 여행을 하면 된다는 걸 알게 되었다. 그곳이 자연이든 도심이든 일상이든 관광지이든 다르지 않다. 유명하다는 곳을 굳이 다니지 않더라도, SNS에 사진을 올리지 않아도 좋다.

가능한 한 한곳에 머무르고 싶다. 이미 질리도록 검색해서 다 알고 있는 관광지가 아니라 처음 만나는 낯선 곳에서 헤매고 싶다. 어리바리한 표정으로 시도해야 할지 말아야 할지 한참을 머뭇거리다가 얼떨결에 경험하게 되는, 합리적이지도 이성적이지 못한 여행자가 되고 싶다.

같은 곳이라 해도 날마다 새로운 감성으로 만날 수 있을 것 같다. 햇빛도 바람도 파도도 나뭇잎도 지금 이 자리가 영원히 잊히지 않을 것처럼, 그렇게 오래도록 교감하고 싶다.

어쩌면 한 번 정도는 패키지여행을 하는 것도 좋겠다. 여행사는 엄청난 스케줄로 3박 4일이라는 짧은 기간에 유명 관광지를 몽땅 쓸어 담아 가져다줄 것이다. 그리고 기어이 기적 같은 일정을 소화해 내고 무사히 공항으로 데려다 줄 것이다. 걱정할 필요가 없다. 전혀 위험하지 않고 예외도 없다. 긴 이동 시간에 가이드는 어느 책에서도 찾을 수 없는 그곳의 전설을 실감 나게 들려줄 것이다. 졸다가 일어나면 절대 실패하지 않을 음식이 있고, 포토존이 있고, 호텔방이 바로 눈앞에 기다리고 있을 것이다. 패키지를 통해 예고편을 보듯 멋진 장면만 편집해 먼저 보고 온다.

그렇게 답사를 마치고 다시 그곳을 배경으로 진짜 여행을 시작하면 된다. 과장되게 설레지도, 격하게 감동하지도 않는다. 여행을 마치고 일상으로 돌아온 어느 날, 문득 그 거리들이 그리워진다. 그리고 깊은 질문에 빠진다. 그런 여행자가 되고 싶다.

글쓰기는
또 다른 여행이다

많이 걸어서 힘든데도 걷는 게 익숙해져서 그런지 쉬는 것을 잊고 계속 다닌다. 그러다 보면 허리며 종아리에 파스를 잔뜩 붙이게 된다.

적당히 조용하고 햇살이 평온한 거리에서 그곳의 삶을 잠시 엿보는 것이 좋아 골목을 헤맨다. 큰 창이 있는 자리에 앉아 지나는 사람을 관찰하고, 한참이 지나 눈에 익숙해지면 경계를 풀 듯 가져간 두꺼운 책을 꺼낸다. 평소 같으면 지겨웠을 무겁고 어려운 문장들이 천천히 읽히고, 가끔은 떠도는 낱말들이 깊은 곳까지 내려와 머문다. 그러면 주섬주섬 모아 메모한다.

여행하는 것과 글을 쓰는 것 사이에 어떤 상관이 있는지 정확히 설명할 수는 없지만, 글을 쓰고 나서야 여행이 비로소 온전해짐을 깨닫는다. 돌아오는 길에 남은 돈이나 기념품이 얼마나 되는지 헤아리는 것처럼 남긴 메모가 얼마나 되는지 살펴보는 것은 여행의 소중한 의식이 된다.

여러 날 돌보지 않아 이미 말라 죽은 게 아닌가 싶은 화분을 싱크대에 물을 받아 푹 담가 두었다. 급하게 바스스 소리를 내며 물을 빨아들이는 걸 보자니 미안하기도 하고 다행이라는 생각도 든다. 여행은 마치 말라 버린 화분을 물에 담가 두는 것과 같다. 서서히 죽어 버려도 알 수 없었을 메마른 인생을 깊은 사유 속으로 던져 넣는 것이다. 결코 화려하거나 유별난 것이 아니다. 그것은 숨 쉬는 행위이며, 나를 살리는 행위다.

즉흥적으로 바다까지 달려오게 하고, 긴 시간 기차를 타게도 한다. 나도 설명하지 못하는 '끌림'이 나를 몰아세우고 떠나게 한다.

그것이 내 인생이 되고 '여행'이라는 의미가 된다.

탐험적
글쓰기

어릴 적 친구들과 등산로 옆으로 난, 절
대 길일 리 없는 작은 틈을 비집고 들어가며 느꼈던 긴장과 설렘
을 기억한다. 나뭇가지에 손등이 긁히는 것도 의식하지 못할 만
큼 온 신경을 집중했던 그 시절의 호기심을 글을 쓰면서 경험하
고 있다. 오솔길 입구를 발견한 것처럼 그저 첫 줄을 던졌을 뿐
인데, 그 줄을 타고 글의 흐름에 호흡을 맞춘다. 시간이 어떻게
흘러가는지도 모른다.

글쓰기는 미지의 세계를 탐험하는 것과 같다. 쓰기 시작하는
순간에도 이야기가 어떻게 흘러갈지 짐작하지 못한다. 결론을
어떻게 낼지 생각하지 않고 시작하기도 한다. 자판의 리듬에 의

식을 맡기고 그저 생각이 흘러가는 대로 편안하게 따라갈 때도 있다. 탐험은 목표보다 과정이 의미 있는 경우가 많다. 탐험에는 위험을 무릅써야 하는 상황도 있지만, 그 과정에서 울고 웃는 행복만으로도 그 정도 위험은 이미 보상받았다 할 수 있다. 그렇게 탐험적 글쓰기는 오락이 되고, 일탈이 되고, 의미가 된다.

글쓰기는 운동을 하는 것과 같다. 숨이 차고 지쳐 쓰러질 것 같지만 다시 시도한다. 중독성이 있어서 빈 문서가 채워지는 걸 지켜보면 통장에 잔고가 쌓이는 것 같은 희열을 느끼게 된다(절대 같을 수는 없겠지만). 마음에 드는 글을 한 편 완성하는 것은 멋진 연애를 하는 듯한 설렘을 준다. 주변의 모든 사물이 아름답게 보인다. 인생에서 이 같은 즐거움을 누리는 것은 커다란 특권이고 축복이다.

거짓말은 힘들다. 과장되거나 진정성이 결여된 글은 당장은 남을 속일 수 있어도, 시간이 지나면 나 자신도 속일 수 없게 된다. 덮어 버리고 포장하기만 하면 쓰레기 더미처럼 냄새만 풍길 뿐, 나만의 글은 존재할 수 없다. 다 헤집고 다시 시작해야 한다. 곧 들통날 위선의 달콤함을 뿌리치고 모두 파헤쳐 보여 주는 글이 필요하다. 솔직하지 못한 글은 그 과정이 힘든 노역이 될 수밖에 없다. 글쓰기에는 진정성이 최고의 문장이 된다.

글감 찾아
삼만리

　　어머니 방에 있던 돌침대를 '당근'에 나눔 물품으로 올렸다. 마침 필요하다는 분이 있어 트럭을 가진 친구까지 불렀다. 침대는 무료지만 배송비로 5만 원을 받기로 했다. 워낙 무거워서 나도 함께 갔다. 순전히 이웃에게 나눈다는 좋은 마음으로 시작한 일이다.

　도착한 곳은 오래된 아파트라 엘리베이터가 작고 천고는 낮았다. 주문한 사람까지 남자 셋이 온갖 용을 써 가며 억지로 올라갔다. 좁은 현관을 어찌어찌 통과해 거실까지 무사히 옮기고 잠시 숨을 고르고 있었다. 침대 밑에 이불을 하나 깔아 두었으니 이제 큰 방으로 밀어 넣기만 하면 끝이다. 그때 거짓말처럼 돌

판과 프레임이 분리되면서 거실 바닥으로 돌판이 넘어지는 게 아닌가. 크게 세 동강이 나고 잔잔한 돌가루가 거실에 모래처럼 쫙 흩어졌다. 마치 슬로비디오를 보듯 그 광경이 천천히 아주 자세하게 펼쳐졌다.

아무도 움직이지 못했다. 그 집 부부도, 우리 두 사람도. 누군가 먼저 말을 꺼내면 지는 게임을 하듯 아주 오랜, 세상에서 제일 긴 10여 초가 지났다.

부서진 잔해를 다시 엘리베이터에 실었다. 전혀 조심할 필요 없이 여기저기 부딪혀 가며 내려왔다. 배송비 5만 원은 본인이 부담하겠다는 걸 애써 말렸다. 대신 경비실에 얘기해 폐기물 처리비를 부담하기로 했다. 서로 민망한 인사를 나누고 허탈하게 돌아왔다.

그렇게 끝나나 했는데, 집에 돌아와 마음이 진정되고 나니 아쉬움이 밀려오기 시작했다. 돌판이 깨져 있는 거실을 사진으로 남기지 못한 것 때문이다. 제대로 된 인간이라면 그 자리에서 휴대폰을 꺼낼 수는 없었을 것이다. 하지만 잠시 멈췄던 그 순간에 엄청난 내적 갈등이 일었다.

'이걸 찍어? 말어?'

'사진이 들어가면 글이 더 실감 날 텐데'라는 생각이 들었다.

몇 년 전, 세 가족 12명이 일본으로 여행 갔다가 돌아오는 비행기를 놓친 적이 있다. 멋진 글감 하나는 건졌지만 엄청난 후폭풍을 감당해야 했다. 거기에 비하면 돌판 깨진 것쯤이야 글감 하나와 맞바꾸어도 크게 밑지지 않는다.

무슨 일이든 기록으로 남기려는 부작용이 생겼다. 이러다가 본래 의미는 퇴색되고, '먹이를 찾아 산기슭을 어슬렁거리는 하이에나'처럼 글감에만 눈독을 들이는 건 아닌지 모르겠다.

그렇다고 글이라도 멋지게 나오면 모르겠지만, 이래저래 아쉬운 현실이다.

인디언 추장과
손자 이야기

마음속에는 선과 악이라는 두 마리 늑대가 살고 있다고
한다.

손자는 어떤 늑대가 이기느냐고 질문했다.

인디언 추장은 말했다.

"네가 먹이를 주는 놈이 이긴단다."

- 윤슬, 『마인드』 중에서

인디언 추장이 정말 이런 얘기를 했을까 싶다. 왠지 인디언이
라고 하면 더 신뢰를 줄 수 있기에 누군가가 지어낸 말일 수도
있겠다(몽골이든 아프리카든 상관없겠지만).

늘대가 딱 두 마리면 선택이 쉽다. 하지만 마음속에는 여러 마리가 우글거린다. 인생은 그리 단순하지 않다. 선과 악, 득과 실 같은 것으로 딱 자르기 어렵다.

결정해야 한다. 나는 여러 마리 늘대를 어떤 태도로 대할 것인지, 매번 어느 방향을 선택할 것인지. 그래야 늘대들도 헷갈리지 않을 것이다. 기준 없이 왔다 갔다 하다가는 그놈들도 눈치채고 제 맘대로 해 버릴 게 뻔하다.

유튜브를 자주 본다. 책보다 쉽고 빠르다. 자기 계발이나 동기 부여 영상, 찬양, 설교, 좋은 강연, 그리고 여행과 잡다한 영화 이야기 등을 주로 본다. 간혹 자극적 영상에 홀리기도 한다. 그러다 보면 끝없이 이어지는 비슷한 장면에 기가 빨린다.

최근에 무엇을 주로 보는지는 쉽게 알 수 있다. 유튜브 홈에 어떤 영상이 많이 나오는지 보면 된다. 시청했던 영상과 비슷한 영상이 알고리즘의 추천으로 따라 나오고, 나도 모르게 클릭하다 보면 또 유사한 영상이 소개되고. 그렇게 일상에서 점점 그런 쪽 영상에 먹이를 주게 된다.

유튜브는 내 생각(습관)에 의해 짜인다. 자기 마음대로 제안하지 않는다. 단순히 유튜브 문제만은 아니다. 요즘 내가 어떻게 살고 있는지, 어떤 꿈을 꾸고 있는지 헷갈린다. 알지만 선명하지 않다.

"당신은 어떤 놈에게 먹이를 주고 있는가?"

우리 마음속에는 늑대 두 마리가 있다. 여러 마리가 있지만 선택의 순간에는 두 마리가 보인다.

그 사실을 진중하게 의식하는 것만으로도 가능성이 있다. 최소한 모르고 끌려다니진 않을 수 있다.

그리움을 파는 서점이
있으면 좋겠다

책을 살 때 중고 서점을 즐겨 찾는다. 중고 서점에 가는 이유는 좋은 책을 싸게 구할 수 있기 때문이다. 그리고 또 하나, 지나간 시절의 책에서는 그 시절의 아련한 냄새가 나기 때문이다.

장르를 구분하지 않고 여기저기 기웃거리다가 몇 권 집어 든다. 누군가가 먼저 읽었던 책에서 그 사람이 그어 놓은 밑줄이나 작은 메모를 발견하게 되면 참으로 반가워 얼른 보게 된다. 옛날 연애편지를 발견한 기분이다. 같은 책에서 다른 이가 남긴 여운을 공유하고 거기에 더해 나의 메시지를 보태는 건 책 읽기의 깊은 즐거움이다.

책을 읽을 때는 펜을 준비한다. 밑줄도 긋고, 메모도 하고, 귀접기도 한다. 소중하게 발견한 글을 그냥 버려둘 수 없다. 그것은 새로운 발견이나 감동에 대한 일종의 배신행위라고 생각한다. 시간이 많이 흘러 내가 읽었던 책 속에서 밑줄이나 메모를 찾아 다시 음미해 보는 일은 마음을 설레게 한다. 그 당시의 나를 만나면 흐뭇해진다. 그때의 느낌, 결심, 감동에 비해 지금 내 삶의 현실은 어떤지 돌아보는 재미도 있다.

이런저런 서점을 기웃거리다가 문득 동네 서점을 열고 싶다는 생각까지 한다. 더 나이 들기 전에 그러고 싶다. 아침에 문을 열고 책 냄새를 맡는 일, 긴 햇살이 창을 넘어 안쪽 책장까지 쑥 들어와 앉은 모습, 단골손님과 나누는 가벼운 이야기들, 상상만으로도 미소가 번진다.

'새 책도 팔고, 좋아하는 여행 서적도 팔고, 소품도 팔고, 그리고 중고 서적과 함께 추억도 팔고….'

그 일로 돈은 쌓이지 않더라도, 손님들 가슴에 저마다의 그리움은 쌓이면 좋겠다.

창밖은 아침으로
달려가고

창밖으로 지나치는 자작나무 사이로 지난 세월이 함께 스쳐 간다. 긴 시간 똑같은 풍경을 보고 있다. 이미 잠은 충분하고 책을 펴는 것도 귀찮다.

진하게 우러난 향이 깊은 녹차를 후후 불어 가며 하염없이 밖을 바라본다. 더 할 것도 없는 심심한 여정 속에서 문득 옛 추억이 스쳐 지나간다. 자작나무 사이에서 바로 얼마 전 일처럼 기억을 끄집어내고 있다.

지금 나는 청춘에도, 중년에도, 어디에도 어울리지 못하는 경계에 있다. 지난 시절을 그리워하지만 그렇다고 돌아가고 싶은 건 아니다. 50년 세월을 바라보는 일은 기적을 목도하는 일이다. '그때 그런 시간이 훗날 이런 시간과 연결되었구나' 생각하다 보면 그 열등감과 상처가 내 인생에 얼마나 축복이었는지 깨닫게 된다. 그때는 몰랐다. 어쩌면 지금의 고민도 변장하고 찾아온 축복이 아닐까 하는 생각이 든다.

날이 저물어 간다. 어스름한 시간은 밤과 낮의 기준을 희미하게 지워 간다. 혼잡한 일상의 일들이 아무것도 아닌 듯 무시되고, 어릴 때처럼 불안함이 안개처럼 슬금슬금 밀려온다. 이 시간이면 언제나 집이 그립다. 부엌에 있는 엄마의 존재를 확인한 후에야 안심이 된다. 해가 지고 아직 깜깜하지는 않은 미묘한 시간. 낮도 아니고 밤도 아닌 지금, 중년의 어중간한 나이처럼 나는 아직도 이 시간이 쓸쓸하다.

그저 어떻게든 흘러가겠지. 좀 더 무르익어 가겠지. 그렇게 시간이 흐르고 까만 밤이 올 것이다. 쓸쓸하면서도 눈부신 시절의 추억을 선명히 머금고서 그렇게 인생의 밤은 기어이 오고야 말 것이다.

기차는 어두운 밤의 끝으로 쉼 없이 달리고, 내일 아침이면 새로운 태양 앞에 긴 그림자를 내어놓겠지. 그때쯤이면 이 상상의 방황에서 현실로 돌아올 수 있을까?

여행을 하고 있다. 기차를 타고 과거로부터 오늘에 이르기까지 그때는 미처 알지 못했던 이야기의 시작과 끝을 차창으로 흘려보내면서, 이제야 깊은 감사와 용기를 얻고 있다.

여행 작가로
살아 보기

공인된 곳에서 수련하거나 자격증을 취득해야 할 수 있는 일이 있고, 객관적으로 인정받은 결과물이 있어야 할 수 있는 일도 있다. 하지만 이건 다르다. 그냥 내가 선택하면 된다. 베스트셀러 작가로 살아 보겠다거나, 매년 한 권씩 여행 서적을 내 보겠다는 것이 아니다. 여행 작가로 살아간다는 것은 결심만 해도 가능하다. 이미 여러 곳을 여행 중이고, 이렇게 띄엄띄엄 글을 쓰고 있으니 된 거다. 그리고 한 번 하고 나면 스스로 포기하지 않는 한 계속 유지할 수 있다. 지금 가지고 다니는 기한이 정해진 명함 대신 평생 사용해도 되는 명함이 생기는 것이다.

거실에 앉아 채널을 이리저리 돌리다가 우연히 〈심야식당〉
이라는 일본 영화를 보게 되었다. 개봉한 지 오래된 영화라 이
미 여러 번 본 것이지만, 시작 장면은 처음이다. 배경음악이 나
옴과 동시에 도쿄 도심의 화려한 야경을 비추며 카메라가 자동
차 동선을 따라 지나간다. 뭔가 익숙한 동네라고 생각하는 순간
가부키쵸 1쵸매의 아치형 간판이 눈에 들어왔다. 순간, 그 시절
의 신주쿠가 가슴을 흔들었다. 화려함 속에서 철저히 고독했던
시간. 화면에 눈을 두고 있지만 나는 이미 네온사인 아래 그 거
리를 걷고 있다.

'여행이 시작된 건가?'

카메라가 작은 식당 안에 고정되고 배우들의 연기가 진행되
지만, 내 시선은 장면과는 상관없이 한참 그 거리를 돌아다니고
있음을 문득 깨닫는다. 다시금 떠나고자 하는 욕망에 불을 붙이
고 기록하는 일에 진지해진다.

여행 에세이를 몇 권 샀다. 그들은 어떤 여행자였는지, 무슨
질문을 던지고 있는지 궁금했다. 그중 마음에 드는 작가의 책을
있는 대로 주문했다. 그들의 시선이 부러웠고, 행간에서 묻어나
는 여운이 부러웠다.

'나도 이들처럼 글을 쓸 수 있을까?'

질문과 좌절이 동시에 찾아온다. 그래도 쓸 거다. 그러기 위해 메모하고, 고쳐 쓰기도 열심히 하고, 그리고 포기하지 않기로 했다. 결혼식을 올렸다고 이튿날부터 바로 부부가 되는 것은 아니라고 하지 않았던가. 진실한 부부가 되기 위해 평생 노력이 필요하듯, 좋은 여행자가 되기 위해 열심(熱心)히 가슴 뜨겁게 살아갈 것이다.

길을
잃어버렸다

여행 중 길을 잃어버리는 행운을 만나게
된다면, 잠시는 멍하겠지만 곧 신날 것이다. 목적지를 찾아 구
글 지도에 집중해 걷다가 정작 흐드러진 길가의 꽃이며, 오래된
대문의 세월이며, 평상에 앉아 계신 할머니의 깊고 슬픈 눈을 바
라볼 여유가 없어진다면 그것이야말로 여행의 목적을 잃어버리
는 허탄한 일이 아닐까 생각한다. 정확한 구글 지도에 의지하기
보다 수없이 메모하고 소중하게 끼고 다녔던 너덜너덜한 여행
책자와 기록들이 그 자체로 감동이 되고 그리움이 된다. 그리고
새로운 여행을 향한 마중물이 되기도 한다.

요즘은 좀처럼 길을 잃지 않는다. 다양한 자료와 근거를 통해

딱 좋은 한 가지 길이 제시되고 그것만이 최적의 선택임을 강요받고 있다. 시행착오를 통해 알게 될 아픔과 간절함과 공감은 이미 검증된 최적의 선택 앞에 무시당하고, 우리의 삶과 인생과 여행은 그렇게 안전하고 고상하게 흐른다.

목적지가 분명한, 노선이 정해진 버스에서 내려 내비게이션을 끄고 나만의 지도를 편다. 다양한 경로가 있고 다양한 방법이 있다. 스스로 선택할 수 있고, 그래야만 한다.

오늘 잘못 들어선 길에서 만나게 될 우연을 사랑한다. 아슬아슬한 설렘을 품고 낯선 길로 들어선다. 완벽한 여행을 위해 무모한 선택을 하고, 지금 당장은 아니더라도 훗날 꺼내 볼 아름다운 추억을 고대한다.

여행 중 길을 잃는다면 허둥대지 말고 잠시 쉬었다 가자. 잠잠히 지나온 길을 돌아보며 웃기도 하고 울기도 하고, 그러다가 털고 일어나 새 힘을 내 보자. 여행도 그렇고 인생도 그렇고 가야 할 길은 예정보다 멀고 복잡하다.

아직 살면서 미치도록 뜨거웠던 청춘이 없었으니 지금이 청춘일지도 모르겠다. 아직 여행 중이고 여러 길이 열려 있으니 청춘답게 덤벼 봐야겠다.

　　낯선 거리　내_게　말을 건다

오늘 같은 날에는
방랑벽이 도진다

한 우물만 파는 걸 견디지 못한다. 다양한 동네에서 별의별 우물을 파고 다녔다.

"그런데 말입니다. 왜 아직 못 해 본 게 너무 많다고 생각하는 걸까요?"(《그것이 알고 싶다》 버전으로 읽어 주시길 바랍니다.)

37년째 한 직장에 다니는 아내는 나를 이해하지 못한다. 아니 이해하지 않는다. 일찌감치 수학을 포기한 것처럼 이해하기를 포기했다. 아내가 정상이고 내가 비정상인 건 인정한다. 그렇다고 내가 나쁜 놈이란 얘기는 아니다.

돌아다닐 궁리만 하다가 이제는 아예 여행 작가로 살려고 한다. 다행히 작가는 누가 시켜 주지 않아도 셀프로 할 수 있다.

사전적 의미로도 '문학 작품을 창작하는 사람'은 모두 작가다. 여행을 다니고 글을 쓰고 그렇게 작가로 살고 있으니 된 거다.

오늘처럼 추적추적 비가 오고 바람 불어 제법 쌀쌀한 날, 새벽 공기가 시리게 아름다운 이런 날에는 바다를 만나러 당장 달려가야 하지 않을까. 도심 하늘도 이런데 바다는 어떤 색을 보여 줄지 두근거린다.

일상에서 별로 궁금한 게 없다면 늙은 거라고 했다. 아직은 궁금한 게 많은 나이라 다행이다.

여행 작가를 꿈꾸다

이 나이에

여행은 도전이다. 한때는 30분 단위로 일정을 짜거나 철저하게 계획을 세워 떠났지만, 지나고 보니 쓸데없는 짓이었다. 여행도 인생처럼 계획대로 되지 않으며, 계획대로 되는 게 꼭 좋은 결과를 가져오는 것도 아니란 걸 알았기 때문이다.

그렇다 하더라도 생산적이거나 유익하거나 의미 있는 것과 거리가 먼 일에 매달려 새벽이슬 같은 세월을 날려 버리는 청춘들을 보고 있자니….

'너무 부럽다.'

딸아이는 자전거 동호회에 들어가거나, 헬스장에 등록하거나, 비행기를 예약하는 충동적인(본인은 전혀 그렇게 생각하지 않지만) 계획을 예고 없이 던진다. 그러면 부모로서 응당 할 만한 경고를 날리면서도 사실 흐뭇함을 느끼는 건 자랑스럽고 부러워서다. 그 시절 나도 좀 더 무모했더라면, 좀 더 물불 가리지 않고 살았더라면 하는 아쉬움이 가슴을 때린다.

이 나이에, '이 나이에'라는 표현 자체가 뒤따라올 의지에 반감을 갖게 하겠지만 적절한 표현을 찾기가 어렵다. 하여간 이 나이에 도전할 만한 무모한 일은 어떤 것일까 생각하고 있다. 쉰일곱이라는 숫자를 지고 시작하는 것에도 용기가 필요한데, 거기다 무모한 일이라니. 선생님 몰래 야간 자율학습을 째고 나왔지만 정작 할 게 없어 방황하던 그 시절의 설렘처럼 노후 준비를 제쳐 두고 배낭을 둘러메고 무작정 인도차이나반도를 누비고 다녀야겠다는 꿈에 들떠 있다.

삶 자체가 어쩌면 무모한 것이 아닐까 하는 생각이 든다. 서툴고 미숙한 인생이 할 수 있는 것이라고는 경험하는 것뿐이고, 모든 경험은 도전과 무모함에서 시작되는 것이리라. 도전을 멈추는 것은 곧 삶을 멈추는 것인지도 모른다. 인생이 얼마나 많이 남겼는지를 겨루는 게임이 아니듯 여행도 얼마나 많은 사진을 찍었는지로 평가되어서는 안 되기에 나의 여행은 다를 것이다. 그리고 다른 것이야말로 다른 삶이며, 모두와 같지 않은 결과로 이어진다고 믿는다.

예측하지
말아야지

카페에서 주문한 커피를 받아 2층으로
올라가다가 넘어졌다. 계단 끝에 발이 살짝 걸린 것이다. 잔은
깨지고 손목은 아프고 사람들의 시선에 얼굴은 화끈거렸다. 2
층에 있던 사람들까지 요란한 소리에 내려다봤다. 남의 일이라
그런지 신나는 표정들이다.

군이 해명하자면 계단의 단차가 미세하게 달랐다. 신축 건물
에 잘 알려진 브랜드 카페지만 건축물만큼은 섬세하지 못했다.
그렇다고 전적으로 계단이 문제라는 건 아니다. 조심하지 않고
그냥 습관대로 발을 디뎠다. 당연히 그 정도에 있겠거니 예측
한 잘못이다.

교회에서 성가대를 하는데, 찬송가를 편곡한 곡을 가끔 만난다. 수십 년간 부르던 찬송가라 습관대로 부르다간 박자나 음을 놓치기 쉽다. 작곡가들은 항상 원곡을 조금 비틀어서 헷갈리게 편곡하기 때문이다. 어쨌든 새로운 곡을 받아 들면 늘 염두에 두는 것이 있다.

'예측하지 말자!'

처음 보는 곡도 코드 진행상 어떻게 흘러갈지 대충 짐작할 수 있다(성가대를 40년 정도 하니 그 정도는 살짝 보인다). 편곡된 곡일수록 원곡을 의식해 익숙하게 부르다간 딴 노래가 되어 버리는 경우가 흔하다. 아무리 초견이 좋다고 해도 실수하기 쉬운 부분이다. 늘 낯선 눈으로 봐야 한다.

노래에만 적용되는 것이 아니다. 글을 쓸 때도 염두에 두는 원칙이다. '이렇게 흘러가면 이렇게 결론이 나겠구나' 같은 흐름은 좋지 않다. 누구나 예측할 수 있는 글은 감동이 없다. 당연하게 생각지 않고 질문을 던지거나, 의심의 뾰족한 시선으로 재차 관찰해야 새로운 이야기가 보인다.

여행도 마찬가지다. 패키지처럼 정해진 일정대로 그냥 다니면 내 삶에 '우연'이 끼어들 수 없다. 당연하다고 생각되는 것부터 다시 고민하자. 새로운 길을 두려워하지 말자. 낯선 시선은 결과와 상관없이 가슴 뛰는 현장으로 빠져들게 할 것이다.

덧붙이는 말: 아침부터 남의 카페에서 트레이를 엎고 분잡하게 만들어 놓고는 혼자 태연하게 득도한 것 같은 태도를 보여 죄송합니다.

돋보기로
바라본 세상

모니터를 너무 오래 봤다. 사물이 흐릿하다. 멀리 창밖을 한참 보아도 회복이 더디다. 지난번 책 작업을 하고 난 뒤로부터 심해졌다. 책을 보거나 모니터를 오래 보고 있으면 차츰 글씨가 번지면서 자연스레 눈을 찌푸리게 된다.

안 되겠다 싶어 가방에서 돋보기를 꺼냈다. 돋보기는 세 개가 있다. 집에 하나, 일터에 하나, 가방에 하나.

되도록 사용하지 않으려 하지만, 지금처럼 시간이 없을 때는 하는 수 없다. 눈이 더 나빠진대도 방법이 없다. 스스로 정한 마감은 다가오고, 불안한 마음에 비해 진도는 생각만큼 나가지 않는다.

안경을 코끝에 걸치고 모니터를 바라본다. 앞을 볼 때면 이마에 주름을 잔뜩 잡고 눈동자를 위로 치켜뜨면 된다. 안경 위로 눈을 뜨고 앞사람을 쳐다보며 대화를 나누는 건 어르신들이 하는 행동이다. 대개 신문을 읽다가 눈을 치켜드는 그런 모습이다. 장난처럼 하던 행동이 이제는 장난이 아니게 되었다.

그나마 평소에는 안경을 끼지 않으니 다행이다. 안경을 끼는 친구 하나는 돋보기까지 해서 두 개를 쌍권총 차듯 가지고 다닌다. 익숙한 듯 불편해하지도 않는다.

한 20년쯤 지나면 보청기를 알아보고 있을지도 모르겠다. 거기다 자기 전에 틀니를 빼서 머리맡에 둘지도. 상상하기 싫은데 자꾸 그려진다.

청바지를 입고 티셔츠 차림으로 백팩을 메고 젊게 다니더라도 숨겨지지 않는 것이 있다. 물론 꼭 숨기고 싶은 것은 아니다. 그저 나이 듦을 회피하고 싶은 마음이겠지. 복장으로나마 위안을 삼고 심은 거겠지.

돋보기나 틀니나 보청기는 부끄러운 것이 아니다. 그저 조금 불편할 뿐 다른 의미는 없다. 혹시 부끄러워해야 할 것이 있다면 나이가 들고도 세월 속에서 배운 것 없이 예전 모습 그대로 늙는 것이다. 세월에서 교훈을 얻지 못했다면 나이 듦을 부끄러워해야 한다. TV 리모컨이 작동되지 않는다고 새벽 시간에 아들한 테 전화할 수는 있지만, 어른으로서 삶의 지혜가 없고 인생의 현명한 판단이 무뎌진다면 부끄러워해야 한다. 나이가 들어도 젊었을 적 혈기를 버리지 못하고 감정대로 행하고 있다면 그것이야말로 부끄러워해야 한다. 부끄러운 것이 무엇인지 모르는 채 살게 될 것을 두려워해야 한다.

돋보기 낀 모습을 처음 본 지인이 안타까운 얼굴을 하고 탄식했다. 자신도 모르게 흘러나온 탄식이다. 괜찮다. 돋보기는 그냥 안경일 뿐이고, 나는 여전히 아름다운 중년으로 잘 살고 있다. 당당하고 멋진 어른이 되는 과정에 있을 뿐이다.

까칠해지기로
했다

혼자 여행을 다니면 외롭다. 여럿이 함께 다니는 건 잠시는 위안이 될지 모르지만, 나다운 여행을 하기는 힘들다. 계모임 같은 데서 떠나는 단체 여행은 피곤하다. 모르는 사람들과 떠나는 패키지여행이 차라리 낫다. 돌아보면 힘든 여행을 많이 했다. 자꾸 챙기려는 마음에 온전히 즐기기 힘들었다. 가이드하던 습성이 남아서 그렇다.

최근에 전화번호 목록에서 세 사람을 차단했다. 적어도 10년 이상 알고 교제하던 사람들이다. 내 성향상 어떻게든 함께 가려고 무지 노력했다. 어느 날 문득 더는 착한 척하지 말아야겠다는 생각이 들었다. 욕도 하고 성질도 내고 까칠해져야겠다고 결

여행 작가를 꿈꾸다

심했다. 무슨 계기가 있었던 건 아니다. 그저 이렇게 살다가는 남은 인생도 내 의지대로 살기 힘들겠다는 생각이 들었던 것 같다. 남들 맞춰 주느라 정작 내 취향은 무시하며 살았다. 그렇게 너무 오래 살았다.

몇 개의 단톡방에서도 시원하게 나왔다. 무례하게 접근하는 사람도 더는 그 속뜻을 이해하지 않기로 했다. 운전하다가 욕하면서 대판 싸운 적도 있다(내리지는 않았다. 그럴 정도의 용기는 없었다). 전화를 차단한 세 사람의 근황이 뜬금없이 궁금할 때가 있다. 연락처와 함께 카톡도 없애고 나니 알 방법이 없다. 방법이 없으니 더 궁금해진다. 왜 지웠는지 억지로 회상해 보니, 딱히 큰 사건이 있었던 건 아니다. 사소한 말투 하나, 표정 하나에서부터 차츰 흔들렸을 것이다. 그러다가 한순간 싹 쓸어 담아 버렸다. 봄날 대청소하듯 그렇게.

이렇게 살면 편하긴 할 텐데, 과연 옳은 걸일까 하는 의심도 있다. 내 경험에 따르면 당장 편한 건 무조건 불편한 결과를 가져온다. 게다가 나이가 들수록 고집이 점점 세질 텐데, 그때마다 연락처를 제거하면 노년에 누구하고 놀지도 걱정이다.

그렇다고 예전처럼 살기에는 이제 생물학적으로 나이가 많다.

다름을 인정하기 점점 어려운 위험한 인생이 되고 있다.

여행 작가를 꿈꾸다

끝나지 않은 여행,
끝나지 않은 글

첫 번째 책이 나왔을 때 친구에게서 내 이름이 새겨진 멋진 만년필을 선물받았다. 얼마나 감격하고 감사했는지 모른다. 평소에 잘 쓸 일이 없어 넣어 두었던 것을 책이 나오면서 잉크를 가득 채워 들고 다닌다. 책에 사인을 해야 할 일이 가끔 생기기 때문이다. 글씨를 멋있게 쓰면 좋겠지만 만년필한테 부끄러울 정도로 악필이다.

글씨는 그렇다 치고 내용이 고민이다. 나야 여러 사람에게 여러 번 한다지만, 받는 사람을 생각하면 소홀히 할 수 없다.

세 번째 책의 부재인 '두 번째 오십 년을 시작하는 청춘들에게'에 맞는 말을 고민했다. 똑같은 사인을 계속할 수는 없지만 이번 책에 특별히 사용할 말을 미리 준비했다.

나는 나답게

너는 너답게

꿈꾸던 대로 살아 냅시다.

플라톤의 명언 "나답게 사는 법을 배워라"에서 가져왔다.

중년이라고 모두 새롭게 뭔가를 시작할 수 있는 건 아니다. 오히려 지금껏 하던 일을 꾸준히 해내는 것이 훨씬 용기 있고 의미있는 일인지도 모른다. 누군가와 비교하지 않고, 시대에 휩쓸리지 않고, 나답게 사는 법을 익히고, 그것을 지켜 내는 것이야말로 진정으로 멋진 중년의 삶이 아닌가 생각한다.

여행은 오늘도 끝나지 않고 이어진다. 내 의지대로 살아가는 날이 지속되는 한은 그렇다. 나다운 여행을 기록하는 일도 멈출 수 없다. 기록을 통해 여행이 온전해진다. 누구나 그런 여행을, 그런 글을 쓰는 인생이 되길 바란다.

다시 떠나며

오늘부터 1일이라는
달력

사람들의 카톡 프로필을 보면 오늘부터 '+며칠'이라고 표시된 걸 종종 볼 수 있다.

아이들이 태어난 날로부터 +며칠, 연인이라면 만난 지 +며칠, 강아지나 고양이를 입양한 날을 기준으로 +며칠이라고 표기되어 있는 걸 본다.

남녀가 만나기 시작하면 '오늘부터 1일'이라는 둘만의 달력을 사용하기도 한다.

우리가 사용하는 달력은 예수님의 탄생을 기준으로 한다고 알려져 있다. 이에 대해 특별한 이견과 의무가 없는 사람은 하나의 사회적 약속으로 삼고 이를 사용하겠지만, 특별한 의미를 부여하는 사람에게는 대단히 중요한 하루하루일 것이다.

우리나라도 과거에는 날을 세는 기준으로 단기를 사용했다. 단군이 즉위한 해인 서력의 기원전 2333년을 원년(元年)으로 하는 기원이다. 어릴 적 살던 집에 단기 표기가 들어간 달력이 있었던 게 어렴풋이 기억난다. 일본도 천왕의 임기를 기준으로 날을 센다. 찾아보니 올해 2025년은 '레이와(令和) 7년'이다. 일본에서는 견적서 같은 문서에도 2025년이라고 하지 않고 '레이와 7년'이라고 쓴다. 일본 연호에 익숙하지 않은 사람은 '이게 도대체 몇 년이란 말이야?' 하고 계산해 봐야 하는 일도 있다.

학생이라면 3월이 달력의 기준이 된다. 어떤 이는 만남을 기준으로, 어떤 이는 생일을 기준으로 저마다의 달력을 만들기도 한다. 월급날이 기준이 되기도 하고, 카드 결재일이 기준이 되기도 한다. 만약 로또에 당첨된다면 당첨금을 받은 날을 기준으로 삶이 많이 바뀔 것이다. 꼭 좋은 방향으로 바뀐다는 보장은 없지만 말이다.

내 별명은 '다섯 시의 남자'다. 별명을 부를 때마다 그 별명에 담긴 의미를 생각하게 된다. '아, 겸손하게 살아야겠다'라고 마음을 다잡게 된다. 그러려고 노력한다.

이름을 부르거나, 별명을 부르거나, 특정한 날을 기준으로 생각하거나, 우리가 사용하는 그것의 기준이 무엇인지, 의미가 무엇인지 깊이 생각하면 삶의 태도도 조금은 달라지지 않을까.

내가 어떤 달력을 기준으로 삼아 살고 있는지, 또 몇 개의 달력을 품고 있는지 분명히 알고 있다면 지금 가고 있는 방향도 더 선명해질 것이다.

이 책이 나올 때쯤 내 생일이 있다. 음력으로 2월이다. 평범한 토요일이지만 아마도 지인들이 축하해 주고 커피 쿠폰을 보내 주기도 할 것이다. 거기에 보답하는 의미로 '뭔가 새로운 결심을 해야 하나?' 하는 기분이 들지도 모른다. 나에게는 새로운 일 년을 시작하는 특별한 의미가 되기 때문이다.

이 책을 읽는 독자들도 자신만의 달력을 꺼내 보길 바란다.

혹시 잊고 지냈던 소중한 시작이 있는지 점검해 보길 바란다. 미처 실행하지 못한 뜨거웠던 다짐을 되살려 볼 수도 있을 것이다. 그렇게 삶의 여행을 다시 시작하길 바란다.

인생을 더 깊고 넓게 살아가게 하는 확실한 방법이 바로 여행이 아닐까 생각한다. 언젠가 여행은 끝나겠지만 그 기억은 우리 안에 남아 있을 것이고, 그 기록은 우리 인생을 더 의미 있게 펼쳐 주리라 믿는다.

여러분의 아름다운 인생 여정을 응원한다.

뜨거운 열정으로 달려왔던 숨 가쁜 가슴을 차갑게 식히고,

눈부신 땅에서 떠오르는 헛된 상념을 그대로 내버려 둔 채,

겨울이 눈처럼 내린 이곳에서 오늘은, 방황하고 싶다.

낯선 거리 내_게 말을 건다

초판 1쇄 발행 2025년 3월 20일

지은이 박성주

펴낸이 김수영

경영지원 최이정 · 박성주 **마케팅** 박지윤 · 여원 **브랜딩** 박선영 · 장윤희

교정·교열 김민지 **디자인** 디자인스튜디오 마음 **사진** 박주영

펴낸곳 담다

출판등록 제25100-2018-2호 (2018년 1월 9일)

주소 대구광역시 달서구 문화회관길 165, 대구출판산업지원센터 402호

전화 070.7520.2645 **이메일** damdanuri@naver.com

인스타 @damda_book **블로그** blog.naver.com/damdanuri

ISBN 979-11-89784-52-5 (03810)

도서출판담다

도서출판 담다는 생각과 마음을 담은 원고를 기다리고 있습니다.
작가의 꿈을 이루고 싶은 분은 이메일 damdanuri@naver.com으로
출간기획서와 원고를 보내 주세요.